Les FANTÔMES de GRISON

Emilie C. GUYOT

Couverture : Emilie C. Guyot
Correction : Geneviève Guyot, V. Reber

Tous droits réservés – © E.C. Guyot 2016
Éditeur : BoD-Books on Demand
12-14 rond-point des Champs-Élysées, 75008 Paris
Impression : Books on Demand, Norderstedt, Allemagne

ISBN-13 : 978-2-322255-39-9
Dépôt légal (première édition) : août 2018
Dépôt légal (cette édition) : novembre 2020
Prix : 11,99€

Les FANTÔMES de GRISON

À tous les fantômes :
les bons,
les mauvais,
ceux qui sont partis,
ceux toujours présents.

Et aussi à tous les chats grincheux.

Table des matières

Prologue

C'était par une nuit noire et froide de janvier. Au loin, la brume recouvrait la lande et entrait lentement dans les rues des villages.

Pas de quoi inquiéter un chat...

Dans une remise sombre, derrière une porte qui aurait dû être verrouillée, un miroir brisé laissait passer un souffle d'air, dernier symbole d'une vie secrète et passée.

L'ombre grandit, et se mit en marche...

Domino, le grand chat blanc et noir, terminait son tour d'inspection du quartier. Il allait rentrer chez lui, son devoir accompli, lorsqu'il perçut un bruit étrange près de la grande maison au bout de la route.

Domino posa sa patte sur l'ombre, et se glaça d'effroi...

Margot, la petite chatte noire qui avait oublié qui lui avait donné ce nom, s'enfuit sous un buisson sans vouloir voir jusqu'où s'étendait l'ombre.

Des chiens aboyaient, mais ils ne savaient pas pourquoi...

Zuul, la grosse chatte écaille de tortue que la plupart des gens surnommait Zouzou, ne perçut pas le drame devant sa porte. Elle ouvrit à peine un œil avant de retourner à ses rêves...

Grison, la chatte grise ainsi nommée à cause de son poil et peut-être aussi à cause d'une certaine ressemblance de caractère avec l'âne commun, se glissa sans bruit dans la chambre. Elle avait déjà tout oublié de la pièce et du miroir. Elle entendit les cris dans le vent, et choisit de se cacher sous les couvertures...

I. Où l'on voit le premier fantôme

Je venais de réussir à sauter dans l'évier sans avoir été remarquée, lorsque le premier fantôme apparut dans la cuisine, à l'heure des croquettes-bonbons. Zouzou miaulait après Germaine, espérant sans doute que celle-ci aurait oublié qu'elle lui en avait déjà donné.

C'était juste avant le moment où nos Hectors et nos Germaines s'asseyaient tous autour de la table pour manger dans des assiettes, pour la deuxième fois de la journée. Ils appelaient ça le « dîner ». Nos Hectors et nos Germaines avaient de drôles d'habitudes, comme ça. Il fallait admettre qu'aucun d'entre eux n'avait l'air assez souple pour manger par terre, les pauvres.

Ces Hectors et ces Germaines étaient nos humains. En tant que chats, nous n'étions pas spécialement intéressés par les noms qu'ils se donnaient entre eux. Pour nous, c'était tous des Hectors (pour les mâles), ou des Germaines (pour les femelles). Dans cette maison, ils étaient cinq : Germaine ; son père le Vieil Hector ; ses fils le Jeune Hector à Gros Yeux (aussi appelé Gros Yeux pour aller plus vite) et le Plus Jeune Hector ; enfin la Jeune Germaine.

Germaine était la chef de meute, comme elle le disait, toujours à surveiller les autres et leur rappeler qu'ils avaient des choses à faire, comme quand le Vieil Hector devait prendre ses médicaments, ou qu'il fallait que je descende de l'armoire, ou que c'était l'heure de manger. Le Vieil Hector était un Hector tout penché en avant et qui marchait sur trois pattes ; il aimait démonter et remonter des objets et des machines, qu'il laissait toujours avec des fils dans tous les sens, ce qui faisait crier tout le monde. Personnellement, j'aimais les fils pour jouer avec, mais le Vieil Hector faisait de l'Électrique, et tout le monde savait qu'il ne fallait pas plaisanter avec ça. C'était un pouvoir potentiellement mortel.

Le Jeune Hector à Gros Yeux avait des pastilles en verre très épaisses pour mieux voir, et je ne savais pas toujours si je devais tenir compte de ses yeux ou de ses pastilles, mais ce n'était pas très grave pour jouer avec lui. Le Plus Jeune Hector avait ses poils de tête et de menton longs — ceux que les Hectors appelaient « cheveux » et « barbe » — et il aimait beaucoup passer son temps devant les écrans de Boîte-à-Images, et moi j'aimais passer mon temps à l'utiliser comme coussin.

La Jeune Germaine, qui avait toujours l'air fâché même quand elle ne l'était pas, était une « cousine ». On n'avait pas le droit d'entrer dans sa chambre, et il lui arrivait de disparaître pendant des semaines et des semaines entières. C'était très mystérieux, mais ce n'était pas très grave, puisqu'elle réapparaissait toujours au bout d'un moment.

4

Mais cela n'avait rien à voir avec la façon dont ce fantôme était apparu, ça, non !

J'étais tranquillement en train d'observer les gouttes d'eau qui coulaient dans l'évier, me préparant à attaquer pour enfin les attraper, et soudain — le fantôme était là. C'était une petite Germaine, avec des tresses, une jupe plissée et des hautes chaussettes qui retombaient sur ses chaussures. Je considérai un instant ses tresses, qui se balançaient à portée de mes pattes. Je détestais les intrus, surtout ceux qui arrivaient sans prévenir. Si je m'attaquais à ses poils de tête tout de suite, est-ce que cela exprimerait clairement les limites de ma patience ?

— Pourrais-je reprendre du poulet ? me demanda-t-elle.

La question m'étonna suffisamment pour me distraire des tresses. Il y avait quelque chose de louche dans cette demande, les Hectors ne faisaient généralement pas ça... mais qui étais-je pour refuser la soumission d'un être dans le besoin ? Et où était ce poulet dont elle parlait ? Je n'avais pas encore décidé quoi faire qu'elle s'éloignait déjà, pour tenter de caresser Zouzou. Sa main *traversa le dos de Zouzou*, qui miaula plaintivement comme si elle avait prit un coup de pied et, ébouriffée comme un balai-brosse, fila hors de la cuisine. Moi-même, je n'étais pas très rassurée.

— Eh bien, Grison ? dit Germaine. Qu'est-ce qui t'arrive, encore ?

Tout le monde me regardait, moi, de travers. Apparemment, aucun des Hectors n'avait remarqué le fantôme. C'était bien typique, ça ! Un phénomène surnaturel se produisait dans leur cuisine, et ils accusaient le chat ! D'un autre coté, comme ils ne comprenaient jamais ce que nous disions, j'étais bien embêtée pour leur expliquer.

— Tu es folle, ma Grison ! dit Germaine avec affection.

Je savais que c'était un compliment, au fond, alors je n'étais pas vexée. Ils me le disaient tout le temps ! Ils disaient aussi que j'étais complètement « siphonnée », ce qui devait être un autre mot pour « merveilleusement créative », à mon avis.

Néanmoins, il fut décidé que ma créativité n'avait pas sa place dans la cuisine parce que c'était l'heure de faire entrer les chiens, et le Jeune Hector me fit sortir de la pièce. York me regardait avec envie. Enfin, probablement. C'était difficile à dire avec ses yeux globuleux qui partaient chacun de leur côté.

Parce que oui, il y avait aussi plusieurs chiens dans la maison, mais eux, ils ne comptaient pas vraiment puisqu'ils vivaient en partie dehors — les chanceux ! C'étaient deux grands chiens : Chien-Lion (que j'admirais beaucoup), et Chien-de-Chasse (qui était une femelle idiote et qui pensait que tout ce qui avait notre taille était un lapin). Et puis il y avait l'espèce de chien-chat qui appartenait au Vieil Hector et qui s'appelait un « York », ce qui était aussi le bruit que faisait cette chose lorsque le facteur (ou n'importe qui dans la rue) s'approchait de la porte. « York ! York york *york* ! » Il était parfaitement ridicule.

Je lui donnais des coups de patte dès qu'il passait à ma portée. Ce n'était pas de ma faute, c'était lui qui me provoquait ! Quelquefois, j'étais même obligée de ramper sous la table et de sauter sur le canapé par surprise pour être provoquée, j'étais clairement la plus lésée dans cette situation !

J'ignorai York et filai dans le Petit Salon. C'était une grande pièce carrée, avec des murs sombres et des rideaux qui donnaient une ambiance de nuit même en pleine journée, et des fauteuils confortables tournés d'un côté vers une Boîte-à-Images, de l'autre devant une Boîte-à-Feu. J'aimais bien les rideaux. On pouvait s'enrouler dedans, se cacher, y faire ses griffes, et y laisser plein de poils. J'étais une spécialiste du rideau ! Je savais sauter sur la fenêtre et fermer le rideau en m'enroulant dedans pour l'étirer. J'aimais beaucoup aussi la Boîte-à-Feu. Quand il faisait froid, je m'installais devant, le plus près possible, mais pas trop près non plus à cause des bouts de feu qui sautaient. Il y avait des trous sur le tapis qui marquaient où ils étaient tombés — très peu pour moi, merci, je tenais à ma fourrure.

Nous n'avions pas le droit de griffer les fauteuils, sous aucun prétexte, jamais. Je ne le faisais jamais, d'ailleurs, seulement quand je tenais à montrer mon agacement. Comme à cet instant précis.

Après m'être passé les nerfs sur le fauteuil le plus proche, je m'approchai de Zouzou, qui s'était réfugiée auprès de la Boite-à-Feu, et lui sautai dessus et lui donnai des coups de patte sur la tête, afin de la pousser de sa place, par pure habitude.

— Fiche moi la paix ! s'écria Zouzou.

— Dis, dis-je en ignorant ses protestations, tu as déjà vu des Germaines que les autres Hectors ne peuvent pas voir et qui traversent les chats ?

— Je ne veux pas en parler ! J'en ai encore les poils qui se dressent sur mon dos.

Et effectivement, elle remuait la queue comme si elle pouvait s'en servir pour repousser le mauvais sort. Je faisais la même chose quand le Chat-de-Dehors s'approchait de ma maison. La Germaine lui donnait à manger, ce qui était une très mauvaise idée : ça ne faisait qu'encourager cette chatte idiote. C'était une chatte noire, en plus, avec un poil graisseux qui avait l'air d'avoir été roulé dans de l'huile. C'était bien les Hectors, ça, ils étaient souvent pleins de mauvaises idées. Ils avaient peut-être la maîtrise de l'Électrique, mais pour tout ce qui était basique comme le bon sens, ils avaient de sérieuses lacunes.

— C'est tout de même étrange, dis-je en guettant la queue de Zouzou. Je crois que c'est un fantôme.

— *Non* ! cria Zouzou.

8

Cette pauvre Zouzou était tellement émotive, pensais-je. Il n'y avait pas de quoi se mettre dans un état pareil pour un fantôme. À moins que ça ne fût parce que j'avais attrapé sa queue avec mes griffes. Difficile à dire, avec elle.

Zouzou se jeta sur moi et tenta de me mordre le ventre. Ça devait être à cause de mes griffes, alors. Peut-être.

— En tout cas, je n'irai plus dans la cuisine, dit Zouzou.

— Mais les bols de croquettes sont dans la cuisine, fis-je remarquer.

— C'est vrai, dit Zouzou en retournant s'installer devant la Boîte-à-Feu. Dans ce cas, il faut trouver un moyen de s'en débarrasser.

— Je suis tout à fait d'accord avec ça, répondis-je en m'étirant de tout mon long de la façon la plus innocente possible.

Même étirées, mes pattes restaient un peu trop courtes et n'atteignaient pas Zouzou. Flûte. Oh, tant pis. Je l'aurais une autre fois. Et puis nous avions un fantôme à chasser.

EMILIE C. GUYOT

II. Où l'on assiste à de nouvelles apparitions

Une fois que les Hectors eurent fini leur dîner, je me faufilai à nouveau dans l'escalier de la cuisine. La cuisine se trouvait au sous-sol de la maison, et tout cet étage avait de grandes fenêtres situées très en hauteur. Enfin, à l'intérieur, elles étaient trop hautes pour y grimper, mais dehors, elles étaient au ras du sol, et les chiens y collaient leurs truffes en espérant entrer par miracle. Ah ! Ils pouvaient toujours rêver. Chacun à sa place, mes amis. Ces hautes fenêtres n'étaient ni ouvertes, ni couvertes avec des volets ou des rideaux, et il y avait toujours un peu de lumière qui entrait de l'extérieur, que ce fût le jour ou la lune. La seule pièce du sous-sol qui avait des fenêtres normales était la « pièce des chiens », parce que le terrain n'était pas plat et descendait de ce côté de la maison.

La « pièce des chiens » nous était interdite, ainsi que la « cour de derrière ». C'était bien dommage, parce dans cette cour, il y avait un beau poulailler (installé dans d'anciennes litières pour Hectors), et qu'au milieu de la cour, il y avait un arbre. Il était isolé, mais très beau, et les Hectors semblaient le considérer comme un arbre sacré. Dessous, ils avaient mis des pots avec de la cendre dedans, mais pas de la cendre ordinaire qui venait de la Boîte-à-Feu, c'était de la cendre d'Ancêtres. Germaine disait qu'ils étaient ses Protecteurs ; on ne les voyait plus, mais sa mère et son mari étaient encore là,

11

et veillaient toujours sur la famille. J'aurais bien été le visiter, moi aussi, juste pour montrer que je n'avais pas peur des arbres sacrés, ni des Ancêtres invisibles, et surtout pas des chiens.

Mais pour le moment, j'étais dans la cuisine, me déplaçant furtivement entre les pieds de la table, guettant les ennemis potentiels à tous les tournants. Zouzou déboula dans la cuisine derrière moi et alla droit à son bol de croquettes.

— Qu'est-ce que tu fais ? demandai-je.

— Je m'assure que personne n'a touché à notre part !

— Tu as raison, dis-je en la rejoignant.

Je reniflai les croquettes et en mangeai une pour pousser l'investigation jusqu'au bout. Tout avait l'air en ordre. Zouzou m'observait et une fois que les croquettes furent déclarées sans danger, elle commença à dévorer son plat.

— Et maintenant, demanda Zouzou entre deux bouchées, que fait-on ?

— La Germaine Petite-Fantôme est apparue près de l'évier et elle est venue ici. On devrait refaire le parcours pour voir si elle revient.

— Vas-y, toi. Moi j'étais là. On n'a qu'à se mettre exactement où on était quand c'est arrivé.

Sauter sur la Boîte-à-Jeter, longer l'armoire, sauter sur l'évier : je montai facilement, retrouvai ma position d'origine, et commençai immédiatement à attaquer le robinet qui fuyait. Je savais que j'aurais dû rester concentrée sur le fantôme, mais il n'y avait rien de pire pour me provoquer que de faire « ploc, ploc, ploc », avec des gouttes qui coulaient le long de la paroi de l'évier. Je plaquai ma patte sur une goutte d'eau, qui me glissa entre les doigts. Comment les Hectors faisaient-ils pour maîtriser cet ennemi ?

— Il te faut un bol, le minou.

Je sursautai si fort que je bondis de l'autre côté de l'évier. La Germaine Petite-Fantôme était là, tranquille avec ses tresses, et me regardait.

— Tu as soif, le chat ?

J'étais coincée, prise entre le mur et le fantôme. Je fis de mon mieux pour prendre un air nonchalant, et je commençai à faire ma toilette comme si c'était le meilleur endroit au monde pour faire ça. Je jetai un coup d'œil, tout en passant ma patte contre mon oreille, à la Germaine Petite-Fantôme qui essayait de soulever un bol sale de l'évier. Sa main potelée voulait agripper le bord du bol, mais passait à travers.

— C'est comme ça depuis l'accident, soupira-t-elle.

Je devais avoir pris, tout à fait malencontreusement, un air ahuri avec ma patte toujours en l'air, parce qu'elle continua comme si je lui avais demandé des détails.

— C'était juste ici. J'ai glissé en voulant ouvrir le placard, et je suis tombée la tête la première contre le bord de l'évier. Il est très dur.

Je regardai le placard avec méfiance, puis l'évier. Je baissai ma patte lentement.

— Je voulais juste un verre d'eau, continua la Germaine Petite-Fantôme. C'était le soir, j'étais toute seule, et je n'ai pas osé allumer la lumière.

Voilà donc pourquoi les Hectors avaient toujours un verre d'eau sur leur table de nuit. Je ne pouvais qu'approuver, surtout que j'aimais beaucoup renverser les verres pleins totalement par inadvertance.

Là-dessus, Zouzou arriva en courant et à toute allure depuis le couloir qui menait aux litières. Les litières des Hectors étaient sur la droite (ils faisaient leurs besoins dans l'eau, une drôle d'habitude), et les nôtres étaient sur la gauche, sous des étagères couvertes de boîtes en métal. Les Hectors appelaient ça la « pièce des chats », comme si nous ne possédions pas la maison en entier ! Ah ! Quelle innocence. Zouzou avait les yeux comme des billes rondes et elle était hérissée jusqu'à ressembler à une grosse boule hirsute. Des morceaux de litière étaient encore collés à son derrière.

— Y'en a une autre ! Y'en a une autre !

Zouzou était suivie par une Germaine Fantôme assez large, habillée d'une robe sombre qui la couvrait de la tête aux pieds, avec un tablier clair par-dessus, et un sorte de chapeau mou sur la tête.

— Sale chat ! Encore à voler dans la réserve ! File d'ici avant que je ne t'assomme !

Mon indignation atteignait des sommets. Une petite intruse polie, passait encore, mais deux c'était trop, surtout avec des menaces en prime. Je me serais bien enfuie, mais la Germaine Petite-Fantôme me bloquait toujours le passage. Zouzou cracha, toutes griffes dehors.

— Eh bien ! Qui fait tout ce raffut !?

Deux Hectors fantômes, vêtus d'une sorte d'uniforme, et dont l'un portait du poil-de-nez très dru, étaient descendus par l'escalier. De plus en plus d'intrus ! Je mis en œuvre le plan d'urgence « Disparition Immédiate » et me fondis dans l'ombre.

— C'est ce chat ! dit Germaine Fantôme-Tablier. Il nous voit ! Et il est *vivant.*

— Ma foi ! dit Hector Fantôme-Poilu. Tu as raison ! Un vivant qui nous voit !

— C'est des gentils minous, dit la Germaine Petite-Fantôme en essayant de ramasser Zouzou malgré le fait que celle-ci ressemblait à un démon sorti de l'enfer, crachant et grognant.

Heureusement pour Germaine Petite-Fantôme, ses bras traversaient Zouzou et ne risquaient pas grand-chose. Les grands Hectors ne m'avaient pas encore remarquée. Je tentai une esquive, maintenant que le passage était libre, et sautai au sol, l'air de rien, ombre parmi les ombres...

— Regardez, une autre !

Je l'ignorai — c'était ce que je faisais de mieux, vraiment — et continuai mon chemin.

— Celle là ne voit rien.

— Mais si, s'écria la Germaine Petite-Fantôme. Tout à l'heure elle m'a bien vue !

Un des Hectors en uniforme se mit en travers de mon chemin et d'instinct je bondis pour l'éviter. Flûte ! Il m'avait eue, le fourbe.

— Tu as raison ! Elles nous voient toutes les deux ! On est visibles !

— Hé, le minou !

— Minou, minou, par ici.

Soudain, d'autres Hectors arrivèrent de toutes parts : un vieil Hector qui parlait de petits pois, un Hector tout maigre avec un livre à la main, une vieille Germaine avec des rouleaux sur la tête...

— Minou, tu sais si ma fille va bien ?

— Tu comprends, il faut que je sache...

— Il faut absolument leur dire...

— Tu dois nous aider...

Ils essayaient tous de me parler en même temps, les fous ! Du calme, Hectors Éctoplasmiques ! Je n'étais qu'un petit chat, nom d'un York ! C'est pourquoi je pris mon courage à deux pattes et, fermant les yeux, je sautai à travers les fantômes, frissonnante et tremblante de froid et de peur, puis m'enfuis sans me retourner, Zouzou juste sur mes talons.

III. Où l'on remarque de nouvelles choses étranges

Nous passâmes le reste de la nuit dans la chambre de Germaine, blotties contre elle sous la couverture. Tant pis s'il faisait beaucoup trop chaud ! Plutôt cuire que de confronter ces fantômes exigeants. Je m'endormis, espérant ne pas rêver de maisons hantées.

Mes rêves furent fort plaisants, et j'ouvris à peine un œil lorsque les chiens se mirent à aboyer comme des fous et que le Jeune Hector leur hurla de se taire. Un peu plus tard encore, Hector aux Gros Yeux partit en criant que son réveil s'était arrêté dans la nuit et qu'il était en retard ; je me contentai de changer de position sur le lit.

Le lendemain matin, en m'éveillant pour de bon, je me glissai hors du lit, me rappelant à peine pourquoi j'avais passé toute une nuit avec Zouzou sans l'attaquer. Soucieuse de rétablir la tradition, je lui mordis les oreilles et elle se réveilla en sursaut.

— Mais ça ne va pas non !!?

— Bonjour ! dis-je joyeusement en lui mordillant le nez.

— Bonjour, bonjour, je t'en ficherai, des bonjours pareils, maugréa Zouzou en me renversant d'un coup de patte sur la tête.

Elle me prit la peau du poitrail entre ses dents, pour marquer le coup. Impuissante, sur le dos et les pattes en l'air, je tentai de la repousser mais elle tenait bon.

17

— Tu es de bien mauvaise humeur, dis !

— Après la nuit qu'on a passée ? demanda Zouzou en me lâchant.

Aussitôt, tout me revint. Dans la rassurante lumière du jour, néanmoins, l'expérience avait l'air différente, presque irréelle. En fait, elle avait l'air complètement irréelle.

— Oh, quoi ? dis-je. C'était un mauvais rêve. Une hallucination, peut-être.

— C'était vrai, dit Zouzou avec un ton qui dégoulinait de reproche. Et si tu dis que ce n'est pas vrai, ils vont se vexer et revenir.

Zouzou fit un « *BOM* » sonore en sautant sur le parquet. Je n'aimais pas être snobée, et je la suivis aussitôt.

— Mais si c'est vrai, dis-je en inspectant les environs par habitude avant de bouger, on va devoir se battre contre des tas de fantômes ! Toi ! Te battre ! Ça va être un effort terrible !

— J'ai un plan, dit Zouzou. J'y ai réfléchi toute la nuit.

— Ah oui ? dis-je, un peu distraite par les franges du couvre-lit qui brillaient dans la lumière du matin.

— On va les observer. S'ils ont un point faible, on le découvrira.

Mais dans toute la maison, il n'y avait plus aucune trace de fantôme. Enfin, presque toute la maison, car quelques pièces étaient condamnées et nous ne pouvions pas y entrer. Nos Hectors vivaient dans ce qu'ils appelaient une « ancienne école », et c'était le seul bâtiment assez grand qu'ils avaient pu trouver pour y mettre toutes leurs « collections ». La maison était pleine de vieux meubles en bois vernis et d'étagères remplies de bric-à-brac, ses murs étaient couverts de tableaux et même d'épées accrochées dans l'escalier. Comme ils n'étaient que cinq et qu'ils avaient des difficultés à tout chauffer pendant la saison froide, certaines pièces étaient fermées et servaient de débarras. C'était le paradis pour un chat un peu aventureux — lorsque les portes n'étaient pas verrouillées.

Le Couloir des Portes Fermées se trouvait au premier étage. C'était aussi le Couloir de la Chambre de Germaine, qui était la seule porte toujours ouverte. La Salle-des-bains était ouverte, parfois, mais pas aujourd'hui. Juste à côté se trouvait la porte de la chambre de la Jeune Germaine. Puisque j'avais une excellente raison pour entrer, je décidai de faire le guet devant. J'allais découvrir la Pièce Interdite, en plus d'enquêter sur les fantômes ! Ravie de mon plan, je commençai à frotter ma tête contre les montants de la porte, et sur les murs alentours. Je devins impatiente, et je me mis à gratter la porte, puis à essayer de passer mes pattes en-dessous, histoire de voir si du papier se matérialiserait comme cela arrivait parfois. J'insistai encore — toujours pas de réponse. Les fantômes avaient-ils eu ma Jeune Germaine ?! Je me mis à gratter de plus belle. Personne ne ferait du mal à un de mes Hectors ! Je ne le permettrais pas !

J'entendis un grand cri venant de la Salle-des-bains. Je me précipitai — c'était la Jeune Germaine ! Ils l'attaquaient pendant la toilette, les traîtres ! D'étranges « glouglou » montaient des murs, avec des « paf ! » et autres coups inquiétants. J'avais presque l'impression qu'il y avait des mots, au milieu de tout ça, mais...

« Grrrrrrrrrriiiiiiiiiiiisooooooooooooooonnnnn »

— *C'EST GLACÉ !! QU'EST-CE QU'IL SE PASSE AVEC L'EAU !!?*

Mes oreilles étaient trop sensibles pour supporter ce volume, et je n'entendis plus rien venant des murs. Que pouvait-il arriver ? La Salle-des-Bains n'était pas très grande ; il y avait une douche, un lavabo, une litière à Hectors, un long meuble pour ranger du linge (idéal pour laisser des poils) et un haut meuble pour ranger des flacons. Je passai en revue toutes les catastrophes possibles — il y en avait tant !

— *ILS FONT SÛREMENT DES TRAVAUX !* répondit la voix de Germaine, qui venait de l'étage inférieur.

— *ON DIRAIT QUE LES TUYAUX VONT EXPLOSER !!*

— *C'EST RIEN, C'EST DE L'AIR !! TU SAIS QUE LA PLOMBERIE EST VIEILLE ! ÇA VA PASSER !!*

J'entendis la Jeune Germaine grommeler quelque chose sur le fait que ça n'arrivait que quand elle était sous la douche. Quelques minutes plus tard, elle sortait dans le couloir.

— Qu'est-ce que tu fais devant la porte, Grison ?

La Jeune Germaine portait un tas de tissu dans ses bras et ses poils de tête — pardon, ses « cheveux » — étaient tout mouillés et sentaient bon. Je fus tellement contente de la voir que je me précipitai sur elle. Je me frottai contre ses jambes si fort que mon corps passa par-dessus ma tête et que je roulai sur ses pieds, que j'attaquai aussitôt, par habitude.

Ses pieds n'étaient pas ma vraie cible, néanmoins. Il y avait quelque chose qui m'appelait dans l'odeur de ses cheveux... je ne pouvais pas l'expliquer mais on aurait presque dit de l'herbe à chats. Autrement dit, c'était irrésistible. Lorsqu'elle regardait la Boîte-à-Images assise sur un fauteuil du Petit Salon, je montais sur le dossier et léchais ses cheveux. Elle finissait par me chasser mais cela en valait toujours la peine.

— Arrête ça, tu fais mal ! me dit la Jeune Germaine en me poussant du pied. Tu es complètement folle !

Désorientée, je ne réalisai que trop tard qu'elle avait ouvert sa porte, qui se referma sur mon nez.

Plus tard, au premier repas à table des Hectors (le « déjeuner »), Germaine se plaignit d'un courant d'air. Elle envoya Gros Yeux fermer les portes des pièces à litières, mais il revint en disant qu'elles étaient déjà fermées. Le courant d'air persistait, mais Germaine dit que c'était sûrement la faute à la « météo » et elle mit un gilet supplémentaire, ce qui n'empêcha pas le vent de se lever.

« *Griiiiiiiiiiiii... zzzzzoooouuuuuu...* »

Le vent sifflait sous les portes et entre les montants des fenêtres. Les tuyaux de la machine se mirent à chanter, eux aussi, et dans le mouvement de l'eau dans la boîte, on entendait : « *Griiiiiiiiiiiii...   zzzzzoooouuuuuu... griiiiiiiiiiiii...* »

Les Hectors firent encore plus de commentaires sur le temps qui se déréglait. Ils ne semblaient pas comprendre, ni même entendre, les voix dans le vent et dans l'eau. Zouzou et moi nous nous regardâmes d'un air inquiet. Ces fantômes allaient-ils s'arrêter ?

Pour échapper aux sifflements, Zouzou et moi nous installâmes dans le Petit Salon, attendant que Germaine fut prête pour l'Heure de la Sieste. J'étais tranquillement en train de guetter la queue de Zouzou (qui bougeait de façon provocante depuis le haut du fauteuil où elle s'était installée), tout en surveillant York qui dormait sur le canapé. Le Vieil Hector arriva et York se leva, s'étira devant moi (je vous jure, il y a des coups de pattes qui se perdent !) et se précipita dehors. Le Vieil Hector cria à York de l'attendre, comme si York avait assez de cervelle pour comprendre ce qu'on lui disait ! La porte était à peine fermée derrière le Vieil Hector que les lumières commencèrent à clignoter, puis les ampoules des lampes s'éteignirent avec un petit « *paf* ». La lumière de l'extérieur était faible et laissait les recoins de la pièce plongés dans l'obscurité. C'est là que nous vîmes apparaître le Grand Chat Blanc et Noir.

IV. Où l'on voit le Grand Chat Blanc et Noir apparaître

Le Grand Chat Blanc et Noir brillait légèrement dans le noir. Il semblait immense, aussi large que haut, et il nous regardait fixement.

— *Griiiiiiiiiii... zzzzzoooouuuuuu...*

— Ah, c'était toi qui faisais ça ! dit Zouzou.

Je sautai du fauteuil pour me cacher dessous. Zouzou n'avait pas l'air de s'inquiéter, elle. Que faisait-elle ? Je ne pouvais pas la laisser faire. Ma réputation était en jeu ! Je me glissai en avant, lentement, ventre à terre, prête à déguerpir au moindre signe d'agressivité. Le Grand Chat Blanc et Noir me regarda approcher avec une attitude de grand seigneur qui tolérait ma présence. Ça, me dis-je, c'était un Vrai Chat. Mis à part le fait, bien sûr, que c'était un esprit, et pas un vrai chat tangible. Je le savais, parce qu'il était légèrement transparent et que je pouvais voir une des Boîtes-à-Livres (que les Hectors appelaient « *Ne Va Pas Là Grison !* ») à travers lui.

— Salutations, votre Magnificité Sublimitivite, dis-je lorsque je fus à ses pattes.

Le Grand Chat Blanc et Noir hocha de la tête, acceptant mes hommages, agacé. Je le voyais au mouvement du bout de sa queue derrière lui — ou plutôt à travers lui. Zouzou me regardait de côté, avec un air blasé.

— Pourquoi tu l'appelles comme ça ? me demanda-t-elle. C'est seulement Domino, le chat des voisins.

Le Grand Chat Blanc et Noir fit une sorte de « *squik* ! » suraigu, et je reconnus effectivement la voix de Domino, le chat des voisins. J'avais traversé le Grand Chat Blanc Et Noir — enfin, Domino — pour essayer de plaquer ce bout de queue au sol, mais il remuait toujours, me glissant entre les pattes. Je réalisai que je me trouvais dans une sorte de nuage compact et brillant. Glacé, aussi, et j'aurais dû m'enfuir en courant mais les paillettes qui dansaient devant mes yeux me fascinaient. C'était comme d'être dans le ciel au milieu des étoiles.

— Veuillez sortir de mon corps immédiatement ! cria Domino d'une petite voix suraiguë.

Sa voix était encore plus aiguë que celle de Zouzou. Il tenait sa patte en l'air comme s'il voulait m'asséner un coup massif sur la tête. Si j'étais déjà dans son corps, comment pouvait-il me faire mal ? Je sortis, mais uniquement parce que la vision à travers les paillettes commençait à me faire mal aux yeux. Domino me jeta un regard furibond.

— Comment ça se fait que vous êtes transparent ? demanda Zouzou.

— Je suis mort, dit Domino. Je suis un fantôme.

J'essayai de sentir Domino, comme cela se faisait lorsqu'on rencontrait un collègue, mais il ne sentait rien du tout. Il disait donc vrai.

— Et ça fait longtemps ? dit Zouzou.

24

— Depuis avant-hier, dit-il en reposant enfin sa patte au sol.

— Pas la peine de frimer, dis-je. Même si les autres fantômes ne sont pas brillants, eux...

— C'est parce que je suis devenu un Guide Spirituel.

— Un quoi ? demandai-je.

— Je suis venu vous parler ! dit Domino. Vous êtes en danger !

— Vraiment ? demanda Zouzou qui semblait épouvantée.

— Non, pas vraiment, dit Domino en roulant des yeux. Je fais seulement semblant d'être mort, et il n'y a pas de fantômes dans la maison, c'est juste un mauvais rêve.

— Vraiment ? demanda Zouzou pleine d'espoir.

— Non, pas vraiment, soupira Domino. Je suis vraiment mort, et ça pourrait bientôt être votre tour.

— Comment ça ? dis-je avec l'air le plus détaché possible.

— Les Hectors fantômes sont en colère, dit Domino sur un ton sinistre, et ils veulent être entendus. Maintenant qu'ils se sont rendus compte que c'était possible, ils vont tout faire pour que vos Hectors sachent ce qu'ils ont à dire.

— Mais qu'est-ce qu'ils ont à dire ? dis-je.

L'idée qu'un Hector eût quelque chose de si important à dire était surprenante. C'étaient des êtres qui s'exprimaient de façon si confuse.

— C'est toujours la même chose avec eux, dit Domino. Imaginez qu'un Hector sorte de chez lui, et qu'il oublie de nourrir le chien...

— Les chiens sont trop bêtes pour se nourrir tout seuls, dit Zouzou, c'est bien connu.

— Et donc, reprit Domino, cet Hector demande à un voisin de le faire pour lui.

— Les chiens sont vraiment des boulets, dis-je.

— C'est pareil, dit Domino, sauf que quand un Hector meurt, plus personne ne l'entend et il a du mal à trouver un voisin.

— On va devoir nourrir les chiens, alors ? demanda Zouzou.

— Non, dit Domino qui devait avoir mal aux yeux à force de les rouler vers le ciel. C'était juste un exemple.

— Il faut qu'on nourrisse les voisins, alors ? dit Zouzou.

— Vous allez devoir *être* les voisins, dit Domino. Et faire ce qu'on vous demande.

Zouzou et moi échangeâmes un regard dubitatif. Pour qui se prenaient-ils, ces Hectors fantômes ? Ce n'était pas parce qu'ils étaient morts qu'ils avaient soudainement des droits sur nous.

— Mais d'où ils viennent, ces Hectors ? dit Zouzou en regardant de tous les côtés comme si on allait voir apparaître une cohorte d'esprits.

— Ils ont toujours été ici, dit Domino. Les fantômes peuvent rester dans des maisons, ou des boîtes dans le même genre, plus ou moins grandes. Dehors, ils se font balayer par le vent et la lumière du jour leur prend toutes leurs forces. Ils ne peuvent pas voir les vivants, et les vivants ne peuvent pas les voir, ni les entendre. Mais ils sont là.

Les longues réponses de Domino mettaient ma concentration à l'épreuve. Surtout qu'une petite mouche voletait près de moi. Si seulement elle passait à portée de patte...

— Alors pourquoi est-ce qu'on les voit, maintenant ? dit Zouzou.

— C'est parce que quelqu'un a ouvert un passage entre les deux mondes, dit Domino. Quelque chose en est sorti, quelque chose de très en colère. Cette chose a décidé d'utiliser ces fantômes à ses propres fins.

— Quelles fins ? dit Zouzou.

— Je ne sais pas encore, mais ces fantômes doivent être aidés.

Une deuxième mouche se posa sur le sol — j'élançai ma patte sur elle, et elle s'envola. Flûte, manqué !

— Mais qui a été assez bête pour le faire sortir, ce truc en colère ?! dit Zouzou.

Domino me fixa de ses yeux de seigneur.

— C'est toi, Grison, qui as ouvert le passage.

Cela m'arrêta net dans mon élan pour attraper la mouche. Hein ? Qui ? Moi ? De quoi m'accusait-on, encore ?

— Et voilà, c'est encore de ta faute ! cria Zouzou.

— Je ne sais même pas ce que c'est, un passage entre les mondes !

— Tu n'aurais pas brisé un miroir, il y a deux jours, par le plus grand des hasards ? demanda Domino.

Je ne savais déjà plus ce que j'avais fait ce matin, ce n'était pas pour me rappeler de ce que j'avais fait deux jours avant ! De plus, ce que l'on faisait dans les pièces interdites restait dans les pièces interdites. Surtout si l'on risquait de se faire gronder pour avoir renversé des choses... Ah... Ça me revenait.

— Qu'est-ce qui te revient ? dit Zouzou.

Apparemment j'avais parlé tout haut... devais-je nier ? M'enfuir ? Avouer ? Domino me regardait fixement. Pouvait-il lire à travers moi comme je pouvais voir l'arbre à chat à travers lui ?

— Très bien, dis-je (et pour ignorer le regard inquisiteur de Zouzou je commençai à lécher ma patte arrière). Il y a deux jours, je suis entrée dans une des pièces qui servent de débarras quand le Jeune Hector est allé chercher des chaises. Je voulais jouer à mon jeu favori.

— Et ton jeu favori est d'ouvrir des passages vers le monde des morts ?

— Non, pas du tout. Je regarde un objet jusqu'à ce que je le voie double, et puis je penche la tête pour faire comme s'il venait vers moi.

— Et après ?

— Après je cours. Il faut bien que j'invente mes propres jeux !

Ce n'était pas comme si Zouzou se fatiguait à courir, et je n'avais pas le droit de jouer avec York. Soi-disant que je risquai de lui crever un œil. Moi !

— Et après ?! dit Zouzou.

— Je me suis cognée contre des planches et elles sont tombées sur une table, qui a poussé des cartons qui étaient contre un buffet sur lequel il y avait un miroir. Mais si c'était un passage entre deux mondes, il ne fallait pas le laisser traîner n'importe où ! Je ne pouvais pas savoir !

— Je vais t'apprendre à faire attention, moi !

Zouzou, d'habitude si placide, se jeta sur moi et se mit à me mordre le cou. Je roulai pour la faire tomber mais elle ne lâcha pas prise, me donnant des coups de pattes. Je me défendis, visant ses oreilles, mais elle s'appuyait de tout son poids sur moi et j'étais clouée au sol, pouvant à peine respirer. La lumière revint brutalement, arrêtant net notre dispute.

Domino, Grand Chat Blanc et Noir, Guide Spirituel, avait disparu.

EMILIE C. GUYOT

V. Où l'on tente de réparer un miroir

La porte d'entrée s'ouvrit. York entra, tout frétillant et tout sautillant, et tout droit vers nous.

— York york york *york* ! *York* !

Je me dégageai des pattes de Zouzou sans perdre York des yeux. Zouzou le fixait, elle aussi, de ses yeux ronds et écarquillés. York hésita — apparemment, il ne pouvait jamais déterminer quand les chats jouaient et quand ils étaient sérieux. La réponse était « tout le temps », bien sûr.

— Dégage, sifflai-je.

Le Vieil Hector ne nous regardait pas. Il s'était arrêté devant la grande pendule qui se trouvait dans l'entrée, et en tapotait le cadran.

— Tiens, c'est bizarre, ça. Elle est arrêtée à 16h56.

York retourna vers lui, avec cet air d'adoration divine qu'il avait toujours en regardant son Hector. Les chiens, vraiment. Le Vieil Hector comparait la pendule avec un réveil qui était d'ordinaire dans la Salle-des-Bains au premier étage.

— Celui-ci s'est arrêté à 10h25. Et l'autre à 6h07 ! Ça alors !

Le Vieil Hector appela York, sans voir qu'il était en fait déjà devant ses pieds. Il était toujours amusant de voir York se faire piétiner ou prendre des coups de canne, mais cette fois-ci il bondit sur le côté juste avant l'impact. Ah, dommage. Le Vieil Hector se dirigea, tête baissée, vers l'escalier de la cuisine. York se précipita à la suite de son maître, non sans nous jeter un regard perplexe. Je fus tentée de les suivre, juste pour voir si ça allait devenir intéressant, aussi me glissai-je près de la porte du Petit Salon, guettant une opportunité. Ma tentative fut stoppée par l'arrivée subite de la Jeune Germaine.

— Mon Pépé, dit-elle, c'est toi qui as fait tous les Sudokus ?

— Les quoi ça ?

— Les puzzles avec les chiffres !

— Ah non !

— Pourtant quelqu'un les a tous faits, et ce n'est personne d'autre !

— C'est peut-être toi et tu as oublié !

— Ah ça non ! Je gardais les journaux depuis deux semaines pour les faire pendant les vacances !

— Ce n'est pas moi !

— Alors *qui* ?

— Pas moi ! Mais j'ai quelque chose à te montrer, viens voir les pendules.

Ce n'était pas le moment, clairement. À la place, je choisis de m'installer sur le bord de la fenêtre, prête à guetter ce stupide Chat-de-Dehors, si jamais cette chatte remontait le bout de son stupide museau.

— Il faut faire quelque chose au sujet de ce miroir que tu as cassé, dit Zouzou.

— Mais quoi, encore ? dis-je en scrutant le jardin.

— Il faut le trouver, et forcer Germaine à le faire réparer. Si on remet tout comme avant, les choses vont aussi redevenir comme avant, et les fantômes vont disparaître. Comme avant. C'est *logique*.

— Tu crois vraiment que ça va marcher ?

— Tu as une meilleure idée ? Tu veux parler aux fantômes, plutôt ?

Je n'en avais aucune envie, non, et aucune autre idée ne me venait. On entendait le Vieil Hector s'exclamer depuis la cuisine :

— Regarde, ici aussi ! Toutes les trois, dis-donc ! À 14h31, 19h12 et là à 23h49 ! Alors ça !

C'était l'heure de la Sieste, et personne ne nous dérangerait dans le Couloir aux Portes Fermées.

— C'est celle-là, dis-je.

— Tu es sûre ?

Le vent soufflait à nouveau, faisant des sons étranges en passant dans la fente sous la porte : « Zouuuuuuuuuuuuuu ! *Zouuuuuuuuuuuuuuuu* ! ». Oui, j'étais sûre, nous étions sur la bonne piste ! C'était *évident* !

Néanmoins, portant bien leurs noms, les Portes Fermées étaient bien fermées. Je grattai furieusement autour de celle qui nous barrait le chemin.

— Qu'est-ce que tu fais ? dit Zouzou.

— Peut-être qu'ils vont nous ouvrir si on... oh. Désolée, c'est l'habitude.

Zouzou secouait la tête d'un air réprobateur.

— Néanmoins, repris-je, je crois que j'ai une idée. Attends-moi ici.

Je filai dans la chambre de Germaine. Comme je m'y attendais à cette heure, elle était allongée sur son lit et regardait sa Boîte-à-Images. Je sautai près d'elle.

— Oh, ma Grison ! Bonjour, ma Grison, dit-elle en me grattant entre les oreilles.

Je ronronnai, m'étirant sur le lit, savourant la caresse. Non, je n'étais pas en train de me laisser distraire. J'étais parfaitement dans mon rôle. Je guettai la première occasion d'agir... là ! Un bracelet, autour de son poignet. Je fis mine de l'attraper.

— Tu veux jouer, c'est ça, hein ?

Absolument, je jouais à Attirer Germaine Quelque Part. Ça ne marchait pas à tous les coups et les prochaines minutes seraient cruciales.

— Attends un peu, je vais trouver ton lacet.

Je suivis des yeux le vieux lacet que Germaine faisait pendre devant moi. Un coup de patte et il serait à moi...

— Raté !

Le coup suivant serait le bon. Ou ce serait le prochain. Germaine riait de mes essais manqués et quand j'attrapai enfin le lacet, elle me le laissa un peu, avant d'en reprendre le bout et de le tirer hors de ma portée. J'avais gagné un mètre. Mon plan machiavélique fonctionnait !

Grâce au lacet, et quelques roulés-boulés sur moi-même, Germaine me suivit jusqu'à la porte où Zouzou attendait. J'avançais triomphalement vers Zouzou, qui était toujours devant la porte et qui me regardait d'un air dubitatif.

— Qu'est-ce qu'il fait froid, ici ! dit Germaine. Et qu'est-ce que vous faites ici, les filles ? Il y a une souris dans cette pièce ?

Zouzou miaula devant la porte. Je m'assis près d'elle, la tête résolument tournée vers ce que je voulais ouvrir par la force pure de ma volonté et de mes plans fourbes.

— Pauvre souris... mais si c'était un rat ? Oh, après tout c'est votre boulot.

Germaine posa la main sur la poignée de la porte.

— Mais c'est glacé ! Qu'est-ce qu'il se passe, ici ?

La porte s'ouvrit sur un spectacle de désolation. Le sol était jonché d'oiseaux morts, leurs ailes pliées dans toutes les directions, comme s'ils étaient tombés raides en plein vol.

— Oh ! Oh non ! Oh les pauvres hirondelles ! Mais par où sont-elles entrées ?

Les hirondelles ne sont drôles que si elles sont vivantes, mais il en restait peut-être encore une digne d'intérêt dans ce grand tas. Mon souffle se matérialisa devant moi, alors que j'avançais avec précautions. L'air était glacial. Les oiseaux étaient glacés.

— Il doit y avoir un trou dans le mur, dit Germaine. Ou bien la fenêtre est ouverte ? Non, elle a l'air... Ah ! cria-t-elle. Oh, ce n'est que toi !

À qui parlait-elle, encore ? Je regardai la fenêtre, et découvris le Chat-de-Dehors, le museau collé contre le verre, à lécher la vitre. Mon dos se hérissa.

— Mais du calme, ma Grison ! Comment tu es montée sur le rebord, toi ? demanda-t-elle à l'Abomination dehors. Tu vas tomber !

Du calme ? Cette chatte noire de malheur était sûrement un démon sorti du miroir ! Elle me poursuivait en essayant de me faire sentir coupable ! C'était de sa faute, les oiseaux, j'en étais sûre !

— C'est elle ! dis-je à Zouzou. C'est elle, le truc en colère !

— Tu crois ? Non, elle est là depuis longtemps, bien avant le miroir.

— J'en suis *certaine* ! Regarde-la !

— Elle est partie, dit Zouzou. Elle a sauté.

— Bon débarras.

— On va devoir appeler quelqu'un pour ces oiseaux, dit Germaine. Et je suis sûre qu'il y a un trou quelque part ! Je sens encore le courant d'air. Je n'aime pas ça, je n'aime pas ça du tout.

— Alors, ton miroir ? dit Zouzou.

— Il est là...

Il n'avait pas bougé. Il n'avait pas l'air particulièrement spécial non plus, c'était un miroir ovale, avec un contour en bois sculpté. Simplement prétentieux, pensais-je.

— Il est seulement fendu, dit Zouzou. Ça doit être réparable...

C'est alors que je vis la Germaine au Tablier et l'Hector au Livre apparaître dans la pénombre d'un des recoins de la pièce. Le miroir bascula soudainement, et tomba — droit sur une vieille épée qui s'était dressée vers lui. Le fracas fut abominable. Je filai sous une table, tremblante.

— Grison ! Zuul ! Oh mon dieu, que j'ai eu peur ! Mais ça ne va pas !!? Vous trouviez que ça ne suffisait pas comme ça !? Oh, non, le miroir d'Arthur...

Le sol était couvert de minuscules éclats de miroir. Peut-être que les Hectors auraient une solution magique. Ça leur arrivait, quelquefois... Je suggérai à Germaine de le réparer en rassemblant des morceaux avec ma patte, mais elle me repoussa brusquement.

— Ne touche pas à ça, tu vas te faire mal ! Il est bon pour la poubelle, vous êtes fières de vous ? Quelle journée, mais quelle journée !

— Mince, dit Zouzou sur un ton plaintif.

EMILIE C. GUYOT

VI. Où l'on termine ce qui a été commencé

Germaine était triste à cause des oiseaux, et du miroir, et Zouzou essayait de lui remonter le moral en cognant sa tête contre ses jambes. Germaine, essayant de ne pas marcher sur Zouzou, alla trouver la Jeune Germaine et Gros Yeux, qui étaient dans le Petit Salon à monter une maquette en bois léger. J'aimais beaucoup ces maquettes. Elles avaient plein de petites pièces qui pouvaient facilement disparaître sous les meubles d'un petit coup de patte bien placé.

— Le miroir d'Arthur est cassé, dit Germaine d'un air catastrophé. Et il y a des oiseaux morts partout autour ! C'est un carnage !

— Oh mince ! dit Gros Yeux. Mince ! Mince !

Il se leva tout de suite pour aller voir, et la Jeune Germaine dut rattraper les pièces qu'il avait lâchées avant de les suivre. Quand ils arrivèrent dans la pièce au miroir, ils ne purent que constater les dégâts.

— Mince ! dit Gros Yeux.

— Je sais, dit Germaine. Et le miroir d'Arthur, en plus ! Celui que ton père voulait tellement garder.

— D'où venait ce miroir ? dit la Jeune Germaine.

— On l'avait trouvé dans l'ancienne maison, dit Germaine. Tu sais, on avait abattu des cloisons pour faire une grande bibliothèque pour tous les livres de ton oncle, et derrière un mur on a trouvé des papiers, un portrait, et ce miroir. Ça appartenait à un ancien propriétaire de la maison qui s'appelait Arthur et qui était médecin dans les années 1900.

— Ah oui, dit la Jeune Germaine. Mon oncle disait que c'était votre « esprit frappeur », je m'en souviens. Un casse-pieds qui vous empêchait surtout de faire des travaux dont il ne voulait pas.

— C'est ce que ton oncle disait quand les plâtres ne tenaient pas, dit Germaine.

— Comment il s'est cassé ? dit Gros Yeux.

— Je ne sais pas, dit Germaine. On dirait que les chats l'ont fait tomber, mais ce n'est pas possible. Il est bien trop lourd. Écoutez, moi je ne peux pas, c'est trop difficile pour moi. Vous pouvez nettoyer tout ça ?

— Mais c'est plein de poussière et de poils de chats ! se plaignit la Jeune Germaine.

— Et ce sont des oiseaux ! dit Gros Yeux. Tu sais, Maman, tu sais que j'ai peur des oiseaux !

— Je vais demander à ton frère, alors, dit Germaine en se grattant le menton, mais il va râler encore plus. Oh, et puis tant pis, je vais le faire moi-même...

— Non, non, dit la Jeune Germaine. Je vais mettre un masque, ça ira.

Gros Yeux regardait les oiseaux comme s'il avait une très mauvaise odeur sous le nez.

— Si ma cousine le fait, alors moi aussi, dit-il. Ils sont morts, ce n'est pas pareil. Mais c'est dégoûtant !

— Merci, dit Germaine. À tous les deux, un grand merci.

Je les observai prendre des outils pour nettoyer la pièce, avec le vague projet de les aider, si je le pouvais... projet que j'abandonnai dès que je vis l'Aspirateur. Je haïssais les Aspirateurs. C'étaient des machines infernales qui faisaient un boucan terrible et qui me mangeraient toute crue si les Hectors ne les attachaient pas au mur. Très peu pour moi !

Germaine s'était à peine assise sur un des fauteuils du Petit Salon, Zouzou toujours contre ses mollets, que le Vieil Hector vint lui parler.

— Tu as vu les horloges ?!!

— Qu'est-est-ce qu'il y a, mon Papa ?

Le Vieil Hector lui montra alors une des pendules de la cuisine.

— Regarde ça !

— Tu as encore grimpé sur une chaise pour décrocher ça ?!

— Pasdutout, dit-il très vite. Le problème, c'est qu'elles sont toutes arrêtées ! Et toutes à des heures différentes. Peut-être qu'il y a eu un problème dans le courant électrique.

— Ça n'a aucun sens, dit Germaine. Elles marchent sur piles. Celle-là en tout cas.

— Je sais bien, mais des fois il se passe de drôles de choses. Il faudrait faire vérifier l'installation électrique. Ces vieilles maisons, tu sais, elles ont des conductions étranges, des fils dans tous les sens...

— Surtout quand c'est toi qui as fait l'installation.

J'étais d'accord avec le Vieil Hector. L'Électrique, c'était dangereux. Ça faisait des étincelles et nous avions pour ordre de ne jamais jamais jamais toucher ou lécher les drôles de « prises » que les Hectors avaient pour apprivoiser l'Électrique. Germaine secouait la tête.

— Il se passe quelque chose de vraiment curieux, aujourd'hui. Montre-moi les autres, ajouta-t-elle en se levant.

Dès que les Hectors eurent quitté la pièce, les lumières du Petit Salon s'éteignirent à nouveau, et Domino fit sa réapparition. Il était exactement à la même place et dans la même position que lorsqu'il avait disparu.

— Beau travail les filles, dit Domino de sa petite voix aigüe.

— Tu pourrais prévenir quand tu arrives ! dit Zouzou irritée. D'ailleurs, tu pourrais aussi prévenir quand tu pars. Ce n'est pas poli de disparaître comme ça !

— Je ne suis pas parti.

— Si ! C'était il y a des heures !

— Oh. Ah. Désolé. Le temps est différent pour les morts, il n'est plus linéaire.

— Linéquoi ? dis-je.

— Ça veut dire que ce n'est plus une suite de secondes, de minutes, d'heures, de semaines, de mois, d'années, de décennies...

— C'est quoi un « mois » ? demandai-je.

— Bref, reprit Domino, on saute de moments en moments. Un moment nous sommes là, un moment nous n'existons plus. C'est aussi difficile que de ne pas être vu et entendu.

— Tu aurais pu prévenir, dit Zouzou.

— Estimez-vous heureuses que je vous explique tout ça. Je le fais uniquement par courtoisie entre chats.

— Bon, ça va, dit Zouzou. Pardon. On est de mauvaise humeur parce que le miroir ne peut pas être réparé. On ne peut pas remettre tout en ordre...

— Je n'ai jamais dit que c'était possible, dit Domino. Je vous ai dit d'aller parler aux fantômes.

— C'est facile à dire, ça, dit Zouzou. Comment on fait ça ?

— Il faut leur parler, dit Domino.

— Mais ils ne comprennent pas, dit Zouzou. Ça paraît très fatigant de parler à des humains qui ne nous comprennent pas.

— Les morts vous comprendront.

— C'est quand même très fatigant de parler, insista Zouzou.

— Et si on ne leur parle pas, il se passe quoi ? demandai-je.

— Alors, ils vont rester ici, dit Domino. Et ils pourront être utilisés par « Lui ».

— « Lui » ? demanda Zouzou.

— La chose en colère qui est sortie du miroir, dit Domino.

— Oh, ça, dis-je. Il va falloir lui trouver un nom mieux que ça.

— Je veux que vous alliez parler aux fantômes, dit Domino. Il faudra que vous les compreniez.

— On n'est pas idiotes, dit Zouzou. On comprend ce qu'ils disent.

— Ça ne suffira pas, dit Domino. Pour les aider, vraiment les aider, il faudra que vous vous mettiez à leur place ! Il va falloir que vous les écoutiez et que vous *pensiez comme eux pour les comprendre* !

— Quoi ? dis-je indignée. Mais on ne sera plus des chats si on pense comme des Hectors ! Jamais !

— C'est votre seule chance ! dit Domino, avant de disparaître à nouveau.

Et voilà. Il partait encore avant de nous dire ce qui était vraiment important. Typique.

C'était bien beau de vouloir écouter les Hectors fantômes, mais non seulement nous ne savions pas comment leur parler, nous ne savions pas non plus où les trouver ! Nous savions seulement que la Germaine Petite-Fantôme était morte dans la cuisine, mais nous n'avions aucune idée d'où venaient les autres. Et puis, on ne pouvait pas attendre toute la journée dans cette cuisine. C'était long et ennuyeux. Nous avions attendu pendant tooooute l'Heure du Thé, et j'étais déjà à bout.

— Viens, dit Zouzou. Si ça se trouve, elle ne sera pas là avant le dîner. On va faire un tour.

Le hall était une petite pièce avec plein de portes ouvertes (la plupart du temps), d'où on pouvait passer du sas d'entrée au bureau, ou du couloir du Grand Salon au Petit Salon, ou de l'escalier des étages à l'escalier de la cuisine. Cela faisait donc beaucoup de passage et c'était exactement le genre de distraction dont nous avions besoin.

À ce moment précis, le vieil Hector se battait contre une des horloges arrêtées qui ne voulait pas repartir. Je grimpai en haut de la commode afin de pouvoir ignorer York de haut, alors que Zouzou se postait en bas devant la porte de l'entrée. J'attendais quelque chose de drôle de la part du Vieil Hector, mais il ne faisait qu'enlever des choses et remettre des choses dans la pendule. Les aiguilles repartaient puis ralentissaient, encore, encore, jusqu'à s'arrêter de nouveau. Zouzou s'endormit avec ses pattes sous son ventre, et je dus me distraire en effrayant une ou deux araignées qui tissaient leurs toiles dans le coin du plafond.

Zouzou sursauta quand la première mouche se posa sur son oreille. Des mouches, en cette saison ? Il en arriva deux, puis trois, puis toute une troupe qui obscurcit le hall. York commença à japper. Je frissonnais, la température avait dû baisser tout d'un coup. Le Vieil Hector était concentré sur sa pendule, et il ne faisait que repousser de temps en temps une mouche qui venait devant lui.

— Eh bien, dit le Vieil Hector, il fait bien froid. Je vais me chercher un chandail.

Toutes les mouches s'engouffrèrent dans le Petit Salon lorsque le Vieil Hector ouvrit la porte, York sur ses talons qui aboyait toujours après les mouches. J'entendis le Vieil Hector le disputer pour aboyer pour rien. J'avais presque pitié de York. Presque. C'était mérité, dans l'absolu.

Je me retournais à peine que soudain les deux Hectors militaires, en uniforme, étaient là. Ils avaient l'air très surpris de nous voir.

VII. Où l'on cherche à comprendre les Hectors morts

— Ce sont des fantômes ? dit Zouzou. Mais on les attendait en bas !

— Tu es sûre que c'en est ? dis-je.

Zouzou passa la patte à travers le Hector fantôme le plus proche.

— C'en est.

Bon. C'était le moment de prétendre que nous les avions attendus là depuis le début. Un air blasé servirait au mieux dans cette situation.

— Regarde, Lucien ! dit Hector Fantôme-Poilu. Ce sont les chats qui nous voient !

— Minou, minou, minou. Il est beau le chat !

— Ça va être compliqué s'ils nous parlent comme ça, dit Zouzou. Tu crois que les Hectors sont tous idiots ?

— Ils parlent ! dirent en chœur les Hectors.

— Ils comprennent ! dis-je.

— Il faut absolument que vous nous aidiez ! dit Hector Non-Poilu. Il faut dire à ma fiancée que je ne reviendrai pas et qu'elle doit s'enfuir...

— Et moi il faut dire à ma mère qu'elle peut vendre mes meubles. Le pain va encore augmenter...

— Et qu'elle prenne le petit Clément avec elle !

— Et la viande aussi, et on ne sait pas quand ça va s'arrêter !

— Arrêtez ça ! dis-je, le dos tout hérissé de ce flot de paroles. Un à la fois !

— Vas-y, toi en premier, dit Hector Fantôme-Poilu.

— C'est ma mère, dit Hector Non-Poilu. À présent que je ne suis plus là pour la protéger, il faut qu'elle s'en aille vite, qu'elle essaye d'aller en Angleterre.

— Comment voulez-vous qu'on trouve votre mère ? dit Zouzou.

— Elle habite deux rues plus loin. Il faut la trouver avant que les Allemands viennent ici.

— C'est quoi les « almans » ? dis-je.

— Les Allemands, répéta Hector Non-Poilu. Ceux contre qui on est en guerre.

— Quelle guerre ? dit Zouzou. Il n'y a pas de guerre, ici.

Les Hectors Fantômes-Militaires se regardèrent.

— Vous voulez dire... que la guerre est finie ?

— Ça alors ! dit Hector Fantôme-Poilu en essayant de poser ses fesses sur la table de l'entrée et passant à travers.

— Comment vous savez que la guerre est finie ? dit Hector Non-Poilu.

— Nos Hectors ne sont pas en guerre et ils ont du pain, plein. Tellement qu'ils en donnent aux chiens, aux corbeaux, et même au bouc.

— Qui est Hector ?

— Nos Hectors, dis-je en me grattant l'oreille, irritée par une toile d'araignée. Les gens qui vivent dans cette maison.

— Il y a des gens qui vivent dans la maison ? Ce n'est plus une école ?

— Ça fait combien de temps ?

Je n'avais aucune idée du temps exact qui se passait. Je ne savais pas non plus estimer l'âge des Hectors autrement que par leur taille, mais le seul qui parlait de « la guerre », c'était le Vieil Hector. Quel âge avait-il ? Au moins quinze ans, en âge de chat. Comment convertir cela ?

— Des tas d'années, dis-je. Au moins deux cent ans !

Je savais que j'avais dû faire une erreur quelque part quand les Hectors firent des yeux ronds comme des bols à croquettes.

— Deux cent ans ? Ce n'est pas possible...

— C'est comme je vous le dis, insistai-je. Si tout le monde est mort, vos mères et les autres, vous n'avez qu'à partir d'ici pour les rejoindre.

— Partir où ? Il n'y a nulle part où aller...

— On s'en f... aouch !

J'avais ignoré le Regard de Zouzou autant que j'avais pu, et elle me donnait des coups de tête à la place.

— Excusez-la, dit Zouzou, elle est complètement insensible. Et si vous nous racontiez comment vous êtes morts, à la place ?

— Mais c'est trop long ! dis-je à Zouzou, les yeux mi-clos en signe d'agacement.

— Il faut qu'on les écoute ! dit Zouzou. Domino l'a dit !

— Qui est Domino ? dit Hector Fantôme-Poilu.

— Un chat, dit Zouzou. Il est mort, aussi. Il sait des choses, parce que c'est un Guide Spirituel. Il dit que vous devez parler.

— Eh bien, c'était pendant la guerre, dit Hector Non-Poilu. On se cachait ici, dans l'école. Au fait, je suis Lucien, et lui c'est Guy.

— Vous êtes Hector Non-Poilu et Hector Fantôme-Poilu, dis-je.

— *Quoi* ?

— Rien, rien, continuez, dit Zouzou. Et après ?

— Et après les Allemands nous ont trouvés, dit Hector Non-Poilu. Ils ont tiré.

— Et on est morts là, ajouta Hector Fantôme-Poilu en montrant le pied des escaliers qui montait vers les étages.

— Non, dit Hector Non-Poilu, toi tu es mort là. Moi je suis mort *là*, ajouta-t-il en montrant le haut des escaliers qui descendaient vers la cuisine.

— Et depuis nous sommes ici. Voilà.

— Je vois, dis-je alors que je ne voyais rien du tout et surtout pas comment continuer cette conversation.

— C'est vous, les pendules qui s'arrêtent ? dit Zouzou.

— Oui, dit Hector Fantôme-Poilu, c'est nous. Vous comprenez, nous sommes ici, mais nous ne sommes pas vraiment ici...

— Ah oui, le temps non-linéaire, dis-je.

— Vous connaissez ?

— Évidemment. Pour qui vous nous prenez ?

— Sans les horloges, dit Hector Non-Poilu, on ne peut pas être là en continu.

— Et c'est bien, le continu ? dit Zouzou.

— C'est mieux. Sinon on oublie pourquoi on est là.

— Et pourquoi vous êtes là ?

Les Hectors se regardèrent, incertains.

— Si la guerre est finie et que tout le monde est mort, dit Hector Non-Poilu, je ne sais pas.

— Vous ne pouvez pas juste partir ? dis-je.

— Je ne sais pas.

— C'était son idée, dit Hector Fantôme-Poilu.

— L'idée de qui ? demanda Zouzou.

— De monsieur le médecin, dit Hector Non-Poilu.

— Mais est-ce que c'est « Lui » ? dis-je.

— Qui est « Lui » ? dit Hector Fantôme-Poilu.

— Quelqu'un qui se sert de vous, dit Zouzou, d'après Domino.

— Je n'en ai aucune idée, dit Hector Fantôme-Poilu.

— Nous on veut juste que vous partiez, dis-je. Nos Hectors ont plein de problèmes, à cause de vous.

— Les horloges arrêtées, dit Zouzou, le froid, les courants d'air...

— Il faut bien qu'on existe ! dit Hector Non-Poilu.

— Et puis les douches d'eau glacée, les chiens qui aboient la nuit...

— L'eau, ce n'est pas nous, dit Hector Non-Poilu, c'est Laurentine, au premier.

— Et les chiens, dit Hector Fantôme-Poilu, c'est François, en bas.

— Comment vous le savez ? dis-je.

— C'est Lui. Il nous a fait nous rencontrer. Il a dit qu'on devait s'unir.

— Pourquoi faire ?

— Il a dit « pour être libre ».

— Et puis aussi les voix terrifiantes dans le vent et les Sudokus, continuait Zouzou.

— Les Su-*quoi* ? dit Hector Fantôme-Poilu.

— Ce sont des puzzles dans des journaux, dis-je. Avec des chiffres.

— Comme des carrés magiques ? dit Hector Non-Poilu.

— Aucune idée, mais quelqu'un les fait tous et la Jeune Germaine est fâchée.

— Ce n'est pas nous ! dit Hector Fantôme-Poilu. Dites à Germaine que ce n'est pas nous.

— La Jeune Germaine, dis-je. Germaine c'est la grande.

— *Quoi* ?

— Je suis fatiguée d'écouter, dit Zouzou en baillant. Ça n'amène à rien.

— Écoutez, dis-je. Dites nous où sont les autres. On va essayer d'en savoir plus.

— Il y a Laurentine et Victor dans la salle de bain au premier étage.

— En bas, il y a la petite Mathilde, avec François et Barbe.

— Et il y a aussi Nicolas, il est...

Et tout d'un coup, les Hectors avaient disparu, à ma grande surprise. Quelle impolitesse ! Je commençais à peine à m'habituer à eux ! Et ils commençaient à être utiles !

EMILIE C. GUYOT

VIII. Où l'on rencontre la confrérie des Hectors Fantômes

Au moins, nous savions à présent où trouver cinq autres Hectors Fantômes de la maison. Zouzou suggéra une méthode plus « Hector », de se rendre aux coins « fantômes » juste aux heures indiquées sur les pendules arrêtées, mais comme ni elle ni moi ne savions lire l'heure sur les pendules, et que le Vieil Hector passait son temps à les remettre à l'heure, cela ne servait à rien. Tant pis pour la méthode Hector, nous utiliserions la méthode « chat ».

Tous les Hectors Fantômes étaient très bavards. Ils parlaient même tellement que je devais faire des efforts pour rester éveillée pendant leurs monologues interminables. Ne pensaient-ils donc jamais à autre chose qu'à eux-mêmes ? D'accord, ils étaient morts, c'était très triste, mais ce n'était pas de ma faute. Et ils demandaient tous d'aller prévenir quelqu'un, ce que nous ne pouvions pas faire. Toutes les conversations commençaient comme ça : « dites à ma sœur, dites à mon père, dites à mon cousin au troisième degré... ». Et les chats, hein ? Personne ne pensait à son chat. Si ça se trouve, tout un tas de pauvres bêtes avaient terriblement souffert en attendant le retour de leurs Hectors, inquiets à l'idée que ces grands bipèdes idiots ne pourraient jamais se débrouiller tous seuls dans le monde. Si au moins ces fantômes nous avaient demandé de les venger de leurs

55

assassins, ou quelque chose d'excitant comme ça ! Mais non, leurs morts avaient toutes été de bêtes accidents.

Par ailleurs, c'était absolument vrai ce que les Hectors disaient sur les cuisines et les Salles-des-Bains. Tout le monde y mourait ! À croire qu'il fallait crier au miracle chaque fois qu'un Hector en ressortait indemne : ils glissaient, se cognaient, se cassaient, s'électrocutaient même ! Et Germaine qui passait tant de temps dans sa douche ! Heureusement que j'étais toujours là pour la surveiller !

Nous avions commencé par la cuisine, parce que nous savions quand la Germaine Petite-Fantôme y apparaissait. Nous avons rencontré ensuite la Grosse Germaine au Tablier, qui nous a raconté comment elle avait été transpercée par une broche à cochon qu'elle avait mal accrochée.

— C'était l'après-midi, avait-elle dit. Madame avait demandé du cochon rôti, et j'attachions la broche. Mais j'avions un refroidissement et j'avions éternué au mauvais moment...

Zouzou offrit ses condoléances, surtout pour avoir manqué de manger du bon cochon rôti comme ça.

— Pourquoi avoir cassé le miroir en mille morceaux ?

— Pour rester ici, pardi ! C'est mieux que de disparaître, non ?

L'Hector au Livre, lui, s'était endormi près d'un réchaud mal réglé, et il ne s'était jamais réveillé.

— Je suis content que le réchaud n'ait pas fait brûler la maison, expliqua-t-il, et que mes enfants aient survécu. Ce qui me tracasse, c'est de ne jamais savoir si le Gun Club a réussi à envoyer ce boulet de canon sur la lune !

Nous ne savions pas quoi répondre à cela, alors aucune de nous deux ne dit rien. Je n'étais même pas sûre que cet Hector fût sain d'esprit. Un canon sur la lune ? Il avait dû prendre un coup de canon sur la tête, oui !

Dans la Salle-des-Bains, nous trouvâmes une vieille Germaine qui portait des rouleaux dans ses poils d— dans ses cheveux. Elle avait glissé dans son bain et s'était noyée. L'Hector Aux Petits Pois s'était bêtement électrocuté en faisant tomber son rasoir dans le lavabo plein d'eau (mais il accusait une très grosse chenille de l'espace de l'avoir surpris en criant « *blibliblibliblip* »). Après le canon sur la lune, je commençais à me demander si certains Hectors Fantômes n'avaient pas perdu une partie de leur intelligence, ou si c'était uniquement une question de différences culturelles.

Différences ou pas, tous avaient le même choc lorsqu'on leur annonçait qu'ils étaient morts depuis longtemps, et que nos Hectors à nous vivaient dans cette maison depuis plusieurs années. Certains pensaient que c'était encore une école ; si nous laissions la vieille Germaine trop longtemps sans lui poser de questions, elle commençait à penser que nous étions des élèves particulièrement petits et poilus, et elle nous interrogeait sur des tables faites en chiffres. Comment une table pouvait-elle être faite en chiffres ? D'autres semblaient ignorer que le bâtiment avait été une école et pensaient être toujours dans leur « ferme ». Je ne savais pas ce qu'était une ferme mais apparemment cela impliquait des vaches. Je savais ce que c'était qu'une vache. De temps en temps une d'elles se retrouvait dans la rue devant la maison. Elle beuglait tant qu'elle pouvait, avant d'être retrouvée par ses propriétaires qui suivaient les cris de tous les voisins.

Il restait ce « Lui », très mystérieux, et vaguement inquiétant, que personne n'avait vu. Par contre, tous les Hectors fantômes nous racontaient la même chose au sujet des horloges et de ce « Monsieur le Médecin » qui les avait « traités » avec, afin de ne plus disparaître — du moins tant que le Vieil Hector ne remettait pas les pendules à l'heure. C'était probablement un indice.

Aucun d'entre eux ne l'avait vu clairement, mais tous pensaient que Monsieur le Médecin était bien poli, et qu'il avait reçu une Instruction. Personne ne se souvenait s'il leur avait dit de faire peur à nos Hectors, mais l'Hector aux Petits Pois nous avait assuré que c'était sûrement un voisin qui voulait la maison pour Lui seul (et très certainement afin de lui voler ses petits pois). Tous ses voisins avaient voulu lui voler sa maison, pourquoi cela serait-il différent avec des morts ? Cela nous laissait un peu perplexes. Le fonctionnement du voisinage des Hectors était plus compliqué qu'une notion de territoire, et assez incompréhensible pour nous. Eh bien, si c'était le cas et que ce Monsieur le Médecin voulait vraiment prendre la maison, il pouvait aller se faire lécher par York ! Non seulement nous avions découvert tous ses espions, mais je n'allais pas avoir peur de quelque chose que je n'avais même pas vu ! De plus, je n'avais aucune idée de ce qu'était un Médecin.

Surtout que nous avions parlé à tout le monde, et nous ne pouvions rien faire d'autre. Nous n'avions pas trouvé le sixième fantôme. Zouzou supposait qu'il se trouvait au deuxième étage, simplement parce que c'était le seul endroit où nous n'avions pas regardé. Nous savions qu'un réveil s'arrêtait la nuit, là-haut, mais avant de se coucher Gros Yeux fermait sa porte et il bloquait la chatière. Nous n'avions pas encore trouvé comment entrer. Gros Yeux dormait si profondément que l'on pouvait miauler un concert entier à deux voix devant sa porte et gratter jusqu'à faire des trous dans les murs, il n'aurait rien entendu.

— Peut-être que c'est Lui, là-haut, disait Zouzou. Il s'est mis là pour être sûr qu'on ne le trouve pas.

— Peut-être qu'il n'existe pas, dis-je. En fait, je suis sûre qu'il n'existe pas. S'il existait, on l'aurait déjà vu.

— Mais si les autres l'ont vu ?

— Ils l'ont rêvé. C'est très Hector de rêver des choses et de croire qu'elles sont vraies. C'est bien ça que voulait dire

Domino, il faut penser comme des Hector ? Et bien voilà, j'ai la solution. Je suis sûre que j'ai raison.

— C'est aussi très Hector de douter de tout quand ça les arrange.

— Tu as une meilleure idée ?

Elle n'en avait pas, je le voyais bien à son air déconfit.

— J'ai faim, dit-elle.

Nous étions à peine arrivées dans la cuisine que je vis une hideuse silhouette noire se découper sur la lumière de la fenêtre. Chat-de-Dehors ! En train de quémander avec ses yeux de merlan frit ! Mon dos se hérissa d'indignation et de colère. Et un peu de peur aussi. Sale Chat-de-Dehors, je la maudissais !

— Eh-oh ? dit l'Incarnation de Toute l'Horreur du Monde. Eh ? Vous m'entendez ?

— Dégage ! crachai-je.

— Je peux vous aider ! dit Abomination. S'il vous plaît, écoutez-moi !

— Jamais ! feulai-je. Zouzou, fais-la partir !

— Tu peux aider comment ? dit Zouzou.

— Traîtresse ! crachai-je.

— Domino a dit d'écouter, dit Zouzou, alors j'écoute.

— Je sais comment entrer dans la chambre du dernier étage la nuit, dit l'Horreur Horrible. Je vous jure je l'ai fait je peux le refaire. Je peux vous faire monter là-haut !

Abomination s'arrêta de parler pour se gratter furieusement. Elle se contorsionna pour se mordre le dos ; des touffes de poils volèrent autour d'elle.

— C'est vraiment dégoûtant, dit Zouzou.

— Je sais, dit l'Horreur sans Nom. Ça m'arrive quand je suis stressée et que je ne sais pas comment gérer l'angoisse désolée rien que d'en parler ça me stresse encore !

C'était vraiment dégoûtant de voir ces poils arrachés partir dans tous les sens. C'était difficile de rester en colère devant une chose si pathétique.

— Tu mens, dis-je. Et comment tu sais qu'on doit aller là-haut ?

— J'ai vu les fantômes moi aussi. Ceux du hall.

— *TU AS OSÉ ENTRER ?! COMMENT ?! POURQUOI ?!*

— La Germaine Gentille m'a fait entrer pour me donner à manger.

Ah, le goût amer de la trahison. Je n'avais plus qu'à me laisser mourir sur le sol, abandonnée de tous. Je me laissai tomber à terre, aplatie par la révélation, vaincue. Si j'avais pu, j'aurais enfoui mon visage dans le sol, mais c'était du carrelage, et je ne pus que me cogner le nez.

— Cette nuit, reprit Abomination, venez au dernier étage, quand le clocher sonne douze coups. Je vous montrerai.

— D'accord, dit Zouzou.

— Je m'appelle Margot, au fait.

— Margot ?

— Oui. C'est parce que je suis « noire comme le charbon ».

— Ça n'a aucun sens, marmonnai-je.

— Merci Margot, dit Zouzou.

— Va mourir, dis-je.

L'Horreur Au Nom Idiot s'arracha encore une touffe de poils et disparut dans le jardin. Je regardai Zouzou avec mon air le plus meurtrier, celui que je réserve d'ordinaire à Chien-de-Chasse et York.

— Mais c'est quoi ton problème avec elle ? dit Zouzou. Elle veut nous aider.

— Elle vient de Dehors !

— Eh bien, Domino aussi.

— Elle est noire !

— Et tu es grise. C'est presque pareil ! Quelle différence ça fait ?

— Oui mais moi je n'ai pas le droit d'y aller, dehors ! Elle ne peut pas avoir les deux, non mais !

— Mais tu n'aimes même pas aller dehors ! C'est dangereux ! Il y a des chiens ! Des voitures ! Et même pas de croquettes-bonbons !

— M'en fiche, c'est une question de principe ! Tu ne peux pas comprendre !

Et là-dessus, j'allai bouder dignement dans mon coin. Faire ma toilette pendant quelques heures devrait suffire à faire passer le message.

IX. Où l'on découvre le fantôme du dernier étage

Je faillis manquer le rendez-vous. Peut-être que je m'étais endormie. Peut-être que je ne savais pas compter jusqu'à douze, mais je ne l'aurais jamais admis. Pour qui se prenait-elle, cette Margot, avec ses chiffres ? C'était un nom ridicule, de toute façon. Néanmoins, un peu après les douze coups, Germaine se leva pour aller dans la Salle-des-Bains. Je n'allais pas la laisser y aller toute seule après tout ce que j'avais entendu ! Au moment de retourner dans la chambre, Zouzou était dans le couloir.

— C'est l'heure, dit-elle.

— Comment tu le sais ? dis-je.

— Tu n'as pas entendu les douze coups ?

— Si, dis-je en me grattant entre les oreilles pour me donner l'air savante et pas du tout mal à l'aise. Bien sûr que si. Je te testais, c'est tout !

Il ne restait plus qu'à monter d'un étage, pour s'apercevoir que Margot l'Abomination avait menti et ne serait même pas là, comme la lâche menteuse qu'elle était sûrement.

Le deuxième étage était séparé en deux grandes pièce. À droite, la partie chambre de Gros Yeux ; à gauche la partie où il mettait ses Boîtes-à-Images et ses Boîtes-à-Musiques. Il aimait beaucoup ses Boîtes-à-Musiques, qui pouvaient jouer très fort, et il chantait encore plus fort par-dessus avec la

63

Jeune Germaine. C'était dans ces moments-là que nous étions contentes de nous réfugier trois étages plus bas.

La chatière de la partie Musique était ouverte. l'Abomi-Margot nous attendait dans la pièce sombre, blottie dans un recoin noir où l'on ne voyait que ses yeux.

— Eh-oh ! souffla-t-elle de sa voix rauque.

— Ça ne va pas de faire peur aux gens comme ça ?! dis-je.

— Comment tu es entrée ? dit Zouzou.

— La fenêtre est ouverte, dit la Créature de l'Ombre.

— Mais on est au deuxième étage ! dit Zouzou.

— Je sais.

— Et comment tu es montée ?!

— En passant par les rebords de fenêtre. Je saute de l'un à l'autre sur la façade et je monte.

— Mais ils font à peine quatre pattes de large ! Et il y a les volets !

— Les volets sont fermés la nuit. Ça laisse la place.

— Menteuse, dis-je, ici les fenêtres sont dans le toit.

— C'est vrai, dit l'Abomination en se grattant jusqu'au sang, mais on peut marcher sur le toit de l'une à l'autre. Les fenêtres sont un peu ouvertes la nuit pour faire de l'air.

Je regardais la fenêtre au-dessus de nous. « Un peu ouvertes », elle était à peine entrouverte, oui ! La tête d'un chat ne passait sûrement pas.

— Je ne te crois pas, dis-je.

— Je vais te montrer ! dit l'Horreur Sombre. Je vais passer par le toit et vous ouvrir depuis l'intérieur de la chambre.

64

Vous allez voir ! dit-elle en sautant sur le meuble pour se glisser par l'ouverture impossible de la fenêtre comme si on avait oublié de mettre des os dans son corps.

— Elle n'y arrivera jamais, dis-je. Jamais.

— Attends, dit Zouzou.

— Jamais. Elle va tomber.

— Attends.

— J'attends qu'elle tombe, oui.

— Attends.

Il y eut un « *bomp* » de l'autre côté de la porte de la chambre. Puis, quelques bruits de pattes. Des grattements sur la porte. Zouzou commença à respirer fort. Moi-même, je ne me sentais pas très rassurée. On entendait des « *cling, cling* » sur le sol. La chatière s'ouvrit, et il me fallut tout mon courage pour ne pas filer purement et simplement.

— Et voilà ! dit la stupide tête noire de Margot. La prochaine fois, vous me ferez confiance ! *Arrivederci* !

Elle fila par la fenêtre de la chambre avant de me laisser trouver une répartie cinglante. La pleutre. La limande. Je décidai de la traiter de poisson plat à compter de maintenant. Et encore, c'était trop bon pour elle.

La chambre de Gros Yeux avait de grands meubles au milieu pour la séparer en deux. Je n'étais pas très sûre de ce qui était le lit et de ce qui était des bureaux, mais j'aimais bien cette pièce, située sous le toit, parce que les murs étaient en bois, et inclinés, et je pouvais me gratter le dos contre les lattes si j'en avais le besoin.

Gros Yeux dormait profondément, je le devinais à sa respiration. Je n'avais pas peur de le réveiller, il avait le sommeil lourd. Quelquefois, il parlait en dormant, et les autres Hectors essayaient de tenir toute une conversation avec lui, mais Gros Yeux répondait toujours à côté. Je ne voyais pas ce qu'il y avait de drôle là-dedans, mais ça les faisait beaucoup rire.

Gros Yeux parlait encore, cette nuit, mais cette fois-ci il n'était pas tout seul. Une petite voix lui répondait. Je ne savais pas si leur conversation avait plus de sens que d'habitude, j'étais trop occupée à essayer de voir si le nouveau fantôme était « Lui ». La voix venait de derrière une armoire, près de la fenêtre. Et si « Lui » était un monstre ?

— Et si c'était un piège ? dit Zouzou.

— Un piège tendu par cette Abominable Chat-de-Dehors ! dis-je. Je l'avais dit !

— Qu'est-ce qu'on fait ? Maintenant qu'on est là...

— On pourrait partir.

— Mais si Gros Yeux était en danger ?

Je n'y avais pas songé avant. Non, nous ne pouvions pas laisser quoi que ce fût arriver à Gros Yeux. C'était impossible. Impensable.

— Regarde, toi, dis-je.

Zouzou avança lentement, petit pas par petit pas. Elle fut bientôt au bord de l'armoire et avança sa tête, centimètre par centimètre, afin de voir...

— C'est un petit Hector.

— Quoi ?

En un bond, je fus près d'elle. Le fantôme était bien un Tout Petit Hector, appuyé contre la fenêtre. Il avait l'air fasciné par quelque chose à l'extérieur, et ne s'en détournait pas, même en parlant. Était-ce notre redoutable adversaire ? Aurions-nous à nous battre ? Zouzou s'assit, méfiante. Je fis un petit tour de reconnaissance autour de lui. Il se retourna finalement au bruit de la chute d'un pot à crayons qui n'était absolument pas de ma faute.

— Oh, des chats ! Bonsoir, les chats.

— Bonsoir, dis-je avec méfiance. Vous êtes « Lui » ?

— Non. Je suis Nicolas. Je peux te caresser, le chat ?

— Non.

— Pourquoi ?

— Parce que je t'arracherai la main.

— Vous êtes là pour m'emmener en enfer, alors ?

— Euh... non ? dis-je.

— Pourquoi on ferait ça ? dit Zouzou.

— Parce que j'ai fait une bêtise. Je voulais prendre un nid d'hirondelles pour avoir les œufs, mais je me suis trompé. Ma maman m'avait dit de ne pas le faire. Le nid que j'ai pris m'a piqué, et ma maman doit être en colère contre moi.

— Ta maman n'est plus là, dis-je par habitude. C'était il y a longtemps, elle est sûrement m... euh... elle n'est sûrement plus là, dis-je en essayant de cacher mon hésitation en inspectant une de mes griffes.

— Oui, dit le Tout Petit Hector. Elle me manque. Ta maman te manque, à toi ?

— Les chats n'ont pas de maman, dis-je.

67

— Vous n'êtes pas tristes ?

— Non, dis-je. Les chats n'ont pas besoin de maman, ils ne font jamais de bêtises.

Mais c'était un mensonge. Quand il disait « maman » je pensais à Germaine. Les Hectors étaient tous des chatons, en fait, même les grands. C'était pour ça qu'ils vivaient tous ensemble, pour éviter de faire trop de bêtises. Et quand ils faisaient des bêtises, il fallait les réparer ensemble.

— C'est de ma faute, dis-je. J'ai cassé le miroir.

Je ne savais pas pourquoi j'avais dit ça, mais j'avais soudain envie de réconforter le Tout Petit Hector et de lui dire qu'il n'avait pas besoin d'être pardonné, tout comme moi je n'avais pas besoin d'être pardonnée. Casser un miroir arrivait à tout le monde. Ce n'était pas de ma faute.

— Ce n'est pas grave, le chat, dit-il en me caressant la tête.

Je le laissai faire, même quand sa main passa à travers mes oreilles. Pire, j'essayai de me frotter contre ses jambes, passai à travers lui et roulai par terre. Ah, mais bien sûr que je l'avais fait exprès ! Tout était calculé ! Zouzou me regardait d'un air étrange. Je ne ronronnais même pas, d'abord, c'était juste un écho de Boîtes-à-Musiques, quelque part.

— Excusez-nous ? dit une voix depuis la porte.

C'était Hector Non-Poilu. Hector Fantôme-Poilu était là, aussi, ainsi que Germaine Petite-Fantôme, Germaine à Rouleaux, Germaine au Tablier, et les Hectors au Livre et aux Petits Pois. Je pouvais les voir les uns à travers les autres. Ça me piquait les yeux.

— Voilà, c'est qu'on a parlé entre nous, et qu'on a pris une décision, continuait Hector Non-Poilu.

— Nous allons faire des efforts, dit Germaine aux Rouleaux. Puisque nous ne savons pas ce qui arrive après, ni où aller, autant essayer de vivre en paix ici.

— Je promets de ne plus faire aboyer les chiens, dit Hector au Livre.

— Et je ferai attention avec l'eau, dit Germaine aux Rouleaux.

— Je ne toucherai plus aux oiseaux, alors, souffla Tout Petit Hector dans mon oreille. Comme j'ai dit à ma maman.

— Pensez-vous que cela pourrait marcher ? dit Hector aux Petits Pois.

Un regard à Zouzou et j'étais sûre qu'elle était d'accord avec moi.

Ils n'étaient pas méchants, au fond, ces Hectors Ectoplasmiques. En fait, je commençais à bien les aimer. Maintenant que j'étais habituée à tout ce monde, c'était presque amusant d'avoir plus d'Hectors dans la maison. Ils étaient tous complètement perdus sans nous, comme des chatons.

Nos Hectors pourraient sûrement s'habituer aux petites choses qui ne pouvaient pas être évitées, comme les courants d'air. Nous pouvions chasser les mouches. La Jeune Germaine apprendrait à vérifier l'eau avant de se mettre en dessous. Ce serait comme une trêve invisible. Les Hectors Militaires iraient s'asseoir avec le Plus Jeune Hector et la

Jeune Germaine quand ils regarderaient la Boîte-à-Images. Je pouvais l'imaginer clairement, un monde où tout le monde s'entendrait et s'entraiderait.

Enfin, sans l'Abomination. Elle, elle pourrait s'entraider toute seule dehors. Il ne fallait pas exagérer, non plus.

X. Où l'on paye les conséquences de ses choix

Nous redescendions l'escalier, chats et fantômes, fiers de notre nouvel accord de paix. Ce n'était pas tout les jours qu'on faisait quelque chose d'aussi important. C'était Historique ! Nous avions droit à des croquettes-bonbons pour ça, au moins ! J'étais sûre que Domino n'allait pas tarder à apparaître pour nous féliciter...

— Malheur ! cria Domino en apparaissant devant nous tellement vite que j'en fis un roulé-boulé en arrière. Qu'est-ce que vous avez fait ?!

— Comment ça ? dit Zouzou. On a parlé à tout le monde, comme tu as dit de faire. On leur a demandé d'être gentils, et ils sont d'accord.

— Vous L'avez privé de ses forces ! Vous L'avez forcé à agir !

— Pourquoi tu cries ? dit Zouzou.

— Et qui c'est « Lui », à la fin ? dis-je agacée.

— *Lui ! Le Médecin ! CELUI QUI EST SORTI DU MIROIR !*

Je regardai Zouzou. Elle n'avait pas l'air de mieux comprendre que moi.

— Mais c'est quoi un « Médecin » ? dis-je, consciente que j'aurais probablement dû le demander plus tôt.

— C'est... c'est comme un vétérinaire ! cria Domino après un instant de réflexion.

— Un *vétérinaire* ?!

C'était un mot maudit, détesté, haï et craint tout à la fois. Je me cachai sous la table de la cuisine, et c'était bien parce que je n'avais pas d'armoire derrière laquelle me glisser. Un vétérinaire ! Un monstre en synthétique qui piquait, touchait, examinait ! Un bourreau ! Rien que le mot me faisait dresser les poils du dos et aplatissait mes oreilles sur ma tête. Zouzou n'était pas dans un meilleur état que moi, et tremblait de tous ses membres. Domino était à côté de nous — pour être plus exacte, il était assis à travers nous, parce qu'il était très large, et Zouzou aussi, et la table n'était pas si grande. L'ambiance était oppressante, à trois sous cette table. Je considérai de me cacher derrière la Boîte-à-Froid, mais Domino murmura alors sur un ton à glacer le sang :

— *Il arrive.*

Le Médecin était un Hector fantôme, transparent, mais beaucoup plus sinistre que les autres. Il glissait sur le sol plutôt qu'il ne marchait. Peut-être aussi était-ce ce parfum de produit anti-mites qui le suivait, contrairement aux autres spectres qui ne sentaient rien. Peut-être étaient-ce ces poils-de-menton qui lui donnaient l'air sévère. Peut-être était-ce comment il avait arrangé ses poils de tête, tout collés sur son crâne. Il tira sur sa manche pour la raidir.

— Alors. Vous voilà tous ici.

Il avait parlé, mais sans bouger les lèvres. Sa voix semblait désincarnée, comme si quelqu'un nous parlait depuis une très vieille Boîte-à-Images. Mes oreilles étaient si aplaties que j'aurais pu croire qu'elles étaient rentrées dans ma tête.

— Monsieur... commença Hector au Livre.

Le Médecin fit un geste du poignet et Hector au Livre s'arrêta de parler. Plus aucun Hector Fantôme ne parlait ou ne bougeait. Ils avaient tous un regard fixe et vide, comme s'ils étaient vraiment vraiment morts, cette fois-ci.

— On obéit au Médecin, dit-il. C'est bien. Il n'y a rien que vous puissiez faire contre moi, ajouta-t-il à notre attention. Je contrôle désormais l'entièreté de cette demeure et de ses habitants. Je vous prierai de ne pas vous opposer à moi ou les conséquences pourraient être fâcheuses.

Je ne comprenais pas tous les mots qu'il disait, mais le message était clair. Il n'était pas amical.

— Ou sinon quoi, *Arthur* ?

Je n'avais pas senti Domino bouger — normal, me direz-vous, pour un fantôme — et il s'était mis sur la route du Médecin. Il était fou de faire ça ! Il allait se faire... re-tuer ? Pouvait-il re-mourir ? S'il avait peur, il ne le montrait pas. Il fixait le Médecin avec son meilleur air de Chasseur, et sa queue dessinait des arabesques dans l'air. J'étais si impressionnée que j'avais envie d'écrire des poèmes sur Domino. Et aussi d'aplatir cette queue au sol, mais ce n'était pas le moment.

— Vous êtes Arthur, n'est-ce pas ? dit Domino.

— Qui c'est, Arthur ? demandai-je.

— Tu sais, dit Zouzou. Le miroir qui vient de la vieille maison des Hectors ? C'était lui.

— Ah, oui, dis-je en prétendant me souvenir de quoi elle parlait.

73

Vous n'avez rien à faire ici, dit Domino. Vous n'avez jamais vécu ici, vous n'êtes même pas *mort* ici.

— Tant d'accidents, dans cette maison. Tant de danger. Tant de vies à sauver. Ma *place* est *ici*.

— Sauf que vous êtes mort, dit Domino. Votre place n'est pas parmi les vivants.

— La votre non plus, et pourtant, vous êtes là.

— Je suis un chat. Ma place est partout.

— La mienne aussi. Partout où les gens ont besoin de moi.

— Nous n'avons pas besoin de vous ici, dit Domino. Ni de vos tours de passe-passe.

— Oh mais c'est un tour si ingénieux. Les esprits de cette maison ne savaient même pas qu'ils n'apparaissaient qu'autour de l'heure de leur mort. Il m'a suffi de leur donner du *temps*, en arrêtant une pendule pour chacun. Plus ils restaient longtemps, plus ils devenaient forts — et moi aussi, puisqu'ils m'avaient donné le contrôle sur eux. Et à présent, je suis assez puissant pour *ceci*...

Il claqua des doigts, et Germaine apparut en bas de l'escalier. Elle traversa les Hectors Fantômes puis s'arrêta là, au milieu de la cuisine, debout dans son pyjama en flanelle, les yeux fermés comme si elle dormait. Ma Germaine ! Qu'est-ce que ce monstre avait osé lui faire ?!!

La rage fut plus forte que la peur, et je me jetai sur le Médecin. Au lieu de le percuter (et le réduire en charpie avec mes griffes) j'eus l'impression dégoûtante de traverser un pudding pourri. Zouzou essayait, en simultané, la technique imparable du croc-en-pattes-par-derrière (il lui suffisait de se tenir derrière les jambes d'un Hector et il tombait) mais le Médecin marcha à travers elle, la laissant frissonnante et choquée.

— Ça suffit, dit le Médecin avec un autre de ses mouvements de main.

Je sentis un vague courant autour de moi. Ah, il essayait de me contrôler ?! Il allait voir ce qu'il allait voir ! Personne ne contrôlait un chat ! Je repassai à travers lui, toutes griffes dehors ; une fois, deux fois, trois fois. C'était extrêmement désagréable, et chaque passage laissait comme une couche de gelée glacée sur mon pelage. Cela m'était égal, il ne m'aurait jamais sous sa domination !

— Vais-je devoir me venger sur vos humains ? dit le Médecin sur un ton exaspéré.

— Pourquoi vous faites ça ?! dit Zouzou. Ils ne vous ont rien fait !

— Je croyais que vous soigniez les gens, dit Domino. Vous n'allez pas les tuer !

— Quelquefois, la meilleure façon de vaincre la mort est de l'accepter. La mort est plus facile à protéger que la vie ! Qu'est-ce qu'un médecin peut contre des accidents ? Contre la bêtise ? Ou la malchance ? Vous ne vous rendez pas compte de ce que ça fait de ne pouvoir rien faire.

Je me rendais pourtant bien compte. À cet instant précis, je ne pouvais absolument rien faire, pour aucun de mes Hectors vivants ou morts, et cela me pesait comme si quelqu'un avait accroché un poids autour de mes épaules et de ma poitrine. Mon inutilité était devenue ma gravitation personnelle.

— Je vous accorde que vous êtes assez fou pour être dangereux, dit Domino en se léchant la patte pour ne pas se laisser décontenancer. Mais vous ne pourrez jamais contrôler les chats. Mes championnes vous combattront pour toujours. Ou jusqu'à ce que vous libériez leurs Hectors. À vous de voir.

— Excellente suggestion, dit le Médecin, je vais voir ce que je peux faire.

Il fit un geste vers Domino.

— Vous n'avez aucun contrôle sur moi ! dit Domino. Je n'ai pas de pendule, j'apparais quand j'ai quelque chose à dire !

— Oui, je sais ça, petit Guide Spirituel. Je n'ai pas de contrôle sur ton esprit. Mais ce n'est pas la seule chose que je puisse diriger...

Domino se campa sur ses pattes, mais il commença à s'élever dans les airs comme si une énorme main invisible l'avait attrapé par la peau du cou et le soulevait. Domino faisait une grimace terrible, comme s'il avait du mal à faire dans la caisse, et ça aurait pu être drôle si le Médecin ne le faisait pas tourner sur lui-même, dans l'air. Domino prit un air blasé et aussi digne que possible, malgré la tête en bas et les pattes en croix. Il amena lentement une patte vers sa gueule, et commença à faire sa toilette, tout en volant. Bien. Si Domino pouvait résister, au moins jusqu'à un certain point, nous avions une petite chance.

— Je vous défie, Médecin, dit Domino sur un ton détaché.

— Vraiment ? dit Médecin. Vous ne semblez pas en position de faire cela.

— Je vous défie en duel d'intelligence ! dit Domino. Un duel de puzzle ! Vous aimez ça, non, les puzzles ? Je sais que vous ne pouvez pas résister.

— Je vous écoute, dit le Médecin après une courte hésitation.

— Je vous pose des énigmes, dit Domino, puis vous me posez des énigmes, et celui qui gagne le plus d'énigmes reste dans la maison.

— Des énigmes de chat ? dit le Médecin. C'est tentant. Très tentant. Ce serait comme d'affronter un Sphinx. Le mystique contre la logique. Aah. Très bien. Je répondrai à vos énigmes, Chat.

— Et je répondrai aux vôtres, Médecin.

— Non, non, je ne crois pas. Si je ne peux pas répondre à vos énigmes, je partirai. Mais pour sauver vos « Hector », comme vous dites, vos chats devront tous les libérer, un par un, des puzzles où je les vais les enfermer. Les défis seront séparés.

Hein ? Quoi ? Non ! Ça voudrait dire que le Médecin pourrait être chassé, mais que Germaine mourrait quand même ! C'était injuste !

— Si je peux répondre, je resterai vivre avec vous. Mais si vous sauvez vos humains, je vous promets de ne plus leur faire de mal.

— J'accepte ces conditions, dit Domino.

— Topez-là, dit le Médecin.

Je regardai Zouzou, qui miaula plaintivement et lamentablement. Domino avait intérêt à sortir ses meilleures énigmes, ou il entendrait parler de moi !

XI. Où l'on affronte la première épreuve

— Laissons-les réfléchir, dit le Médecin. Venez, mon ami...

L'orage gronda, il y eut un terrible éclair, et la fenêtre s'ouvrit brutalement. Quelque chose en tomba de toute la hauteur du mur, et je fus percutée par un projectile félin et noir qui me fit rouler en arrière. Des éclairs traversèrent le ciel, et la pluie redoubla de violence.

— Qu'est-ce que c'est que ça ? dit le Médecin.

— C'est Margot, dit Zouzou qui n'avait pas l'air de trouver ça particulièrement étrange.

— Dégage ou je te saigne ! dis-je en poussant l'Abomination loin de moi. Et dégage de chez moi !

— Mais c'est la fin du monde, dehors ! se plaignit L'Abomination.

— Ça va être ta fin si tu restes près de moi !

L'Abomination fila se cacher dans un coin sombre. Si elle croyait que je la voyais pas !!!

— Trois, dit le Médecin. Trois est un bon chiffre. Soit, vous serez trois, mais pas un de plus. Plus personne ne sort ou n'entre de cette maison à compter de maintenant.

Il claqua des doigts, et la fenêtre se referma brutalement.

— Bonne chance.

Le Médecin et Domino disparurent, sans plus de cérémonie.

Ça commençait à bien faire, ce petit jeu d'apparaître et de disparaître sans prévenir. Il était grand temps d'instaurer une loi anti-apparition dans la maison, pour tout le monde ! Y compris la Jeune Germaine, d'ailleurs. Tout le monde serait puni !

— Qu'est-ce qu'on fait, maintenant ? dit Zouzou.

— On fait sortir ce tas de poils galeux ! crachai-je.

— Tu as entendu le Médecin, dit Zouzou. Personne ne sort.

— On peut l'échanger contre des Hectors Fantômes ?

— Ils sont partis, eux aussi.

C'était vrai. Non seulement les Hectors Fantômes avaient disparu, mais la porte de l'escalier avait été refermée. La cuisine était triste et silencieuse ; on entendait seulement trois tic-tac de pendules légèrement décalés les uns avec les autres. J'étais presque tentée de tout laisser tomber, de ne rien faire et de dormir en attendant la fin... mais il y avait Germaine. Elle était debout, mais flottant dans l'air. J'essayai de donner un coup de patte pour la réveiller, et elle changea de direction. Un autre coup de patte, et elle retourna dans sa position d'origine.

— Alors c'est ça, une cuisine !

L'Abomination était sortie de son trou, regardait tout avec des yeux écarquillés, sautillait d'excitation et se grattait tous les trois pas. Elle me donnait envie de me gratter rien qu'à la voir.

— Toi, dis-je, n'en rajoute pas ou tu vas t'en prendre une.

— Je peux aider ! dit l'Abomination.

— C'est vrai, dit Zouzou. Elle vient de Dehors. Il y a des choses qu'on ne sait pas et elle oui.

— C'est quoi ça ? dit-elle en se frottant contre la Boîte-à-Froid.

— Ne touche pas au réfrigérateur!! dis-je en lui mettant un bon coup de patte sur le nez. Tu vas laisser ton horrible odeur partout.

— Je n'ai rien fait ! dit l'Abomination.

— Les filles, dit Zouzou. On n'a pas toute la journée... nuit... on n'a pas le temps de nous disputer !

— Alors, dit l'Abomination, quel est le problème ?

— Que tu es bête ! dis-je. C'est évident !

— Ah oui ?

— Oui !

Sauf que ce n'était pas évident du tout. Il fallait penser comme un Hector. Penser comme un Hector. Si j'étais un Hector, à quoi je penserais...? À manger ? À regarder une Boîte-à-Images ?

— On devrait voir quelles pièces sont ouvertes, dit Zouzou.

Comme je n'avais pas de meilleure idée, je fis comme si c'était ce que j'avais prévu depuis le début.

— Toutes les portes sont fermées, dit Zouzou.

— Je peux aider pour ça, dit Abomination. Je vous montre.

Elle sauta sur la poignée de la « pièce des chats », et se laissa glisser jusqu'à ce qu'elle penchât avec un petit « *clic* ».

— Poussez la porte ! cria-t-elle.

Zouzou avança, tête la première. Miracle, la porte s'ouvrit.

— Waaaah, dit Zouzou.

Je ne pouvais décemment pas montrer mon admiration, alors je filai à l'intérieur en reconnaissance. J'en profitai pour laisser mon odeur partout sur nos litières. Juste au cas où.

— Tu as appris ça où ?

— Chez mes Hectors, dit Abomination.

— Tu as des Hectors ? dit Zouzou.

— Plus maintenant, dit l'Abomination. Je crois qu'ils se sont perdus.

— Il n'y a rien ici, dis-je en sortant de la pièce. Essayons les autres. Allez-y, travaillez, un peu !

Mais les autres ne s'ouvraient pas, même avec l'association Margot-Zouzou. Elles devaient être « verrouillées », avec ces bouts de fer que les Hectors appelaient « clefs ». La dernière porte s'ouvrit, mais c'était la pièce des chiens, et elle était vide, ce qui ne nous servait strictement à rien. J'aurais voulu que Chien-Lion fût là. S'il avait fallu quelqu'un de grand et de rassurant, il aurait été utile. Cela nous laissait la cuisine, là où toutes les choses dangereuses étaient. Forcément.

— *AUS'COURS !* dit L'Abomination en filant comme une folle se cacher sous la table. Il y a quelque chose d'invisible, là !

— Où ça, là ?

— Mais là !

Elle montrait l'évier. Quelque chose s'alluma dans ma tête. L'évier ! C'était là où la Germaine Petite-Fantôme était morte ! Je m'approchai, ventre contre le sol, prête à bondir en cas de danger, j'étendis la patte... et je touchai effectivement quelque chose d'invisible, devant l'évier. J'en fis le tour. Là ! Dans cette lumière, sous cet angle, et si je plissais les yeux, je pouvais deviner la Petite Germaine à quatre pattes sur le sol. Si Germaine allait vers elle sans la voir, elle allait tomber et se fracasser la tête sur l'évier.

— J'ai compris ! dis-je fièrement. Le Médecin a posé des pièges pour tuer Germaine comme les Hectors Fantômes sont morts ! C'est Germaine Petite-Fantôme qui est là.

— Ce n'est pas très gentil, dit Zouzou. Je n'aurais pas pensé ça de Germaine Petite-Fantôme.

— Elle est figée, dis-je. C'est sûrement la faute au Médecin.

— Germaine au Tablier et Hector au Livre doivent être là aussi, alors ? dit Zouzou.

— Je pense, dis-je. Mais je ne sais pas où ils sont morts.

— On verra après, dit Zouzou. Je ne peux pas réfléchir à tout en même temps.

— Bon, dis-je. Qu'est-ce qu'on fait, alors ?

— On la fait partir ? dit Zouzou.

Mais Germaine Petite-Fantôme ne partait pas. On avait beau miauler, feuler, griffer, pousser et mordre, elle était comme une statue invisible mais solidement ancrée dans le sol.

— On ne peut pas l'enlever, dit Zouzou. Alors on fait quoi ?

— C'est une énigme, dit L'Abomination. Il faut faire quelque chose pour intervenir.

— Ah oui et comme quoi ? crachai-je.

— Tu dis qu'elle va se cogner la tête en tombant ?

— Oui !

— Moi quand je tombe, j'essaye de viser quelque chose qui amortit la chute.

— Ah oui comme *quoi* ?

— Des tas de trucs mous.

— Et où est-ce qu'on va trouver des trucs mous, grosse maligne ?

— C'est grave si ça sent mauvais ? dit Zouzou.

— Non, dit L'Abomination. Sauf si ça te tue.

— Alors je sais ! dit Zouzou. Les couvertures des chiens !

Les chiens n'étaient peut-être pas dans leur pièce, mais leur odeur était encore très puissante. Elle était particulièrement forte autour du vieux canapé défoncé et du tas de couvertures qui servait de lit. J'en avais les yeux qui piquaient.

— Eurgh, dit Zouzou. Ça sent le fauve.

— Moi je ne sens rien, dit L'Abomination.

— Pas le temps de faire des simagrées, dis-je à moitié étouffée par l'odeur, il faut sauver Germaine. Au travail !

Il nous était impossible de faire quoi que ce fût avec le canapé ; nous allions devoir nous débrouiller avec les couvertures.

— On pousse ou on tire ? dis-je.

— Tirer, ça veut dire prendre ça dans la bouche, dit Zouzou d'un air dégoûté.

— J'ai mis des choses pires dans ma bouche, dit L'Abomination.

— Fantastique ! dis-je. Va donc devant, et nous on pousse.

Même à trois, les couvertures étaient lourdes et difficiles à bouger. Margot tirait, mais le poids l'empêchait de voir où elle allait ; elle nous mena droit dans un mur trois fois de suite. Zouzou essayait de corriger le tir mais elle allait tellement vite qu'elle nous faisait tourner la couverture en rond. Alors que nous passions sur une dalle de carrelage un peu plus haute que les autres, le tissu se bloqua juste devant mes pattes. Je culbutai la tête en avant et roulai sur la couverture.

— Eh ben, dit Zouzou, tu ne veux pas qu'on te porte, non plus ?

— Je n'ai pas fait exprès ! dis-je. Tu crois que j'aime être empêtrée dans cette puanteur ?

— Moi je ne sens rien, dit L'Abomination.

— Tais-toi et tire !

Plus nous allions vite et moins nous allions droit. Une fois, L'Abomination s'arrêta pour se gratter, mais Zouzou ne l'avait pas vue et ce fut au tour de l'Abomination d'être embarquée sur la couverture. Je me serais bien moquée d'elle, mais elle en profita pour se gratter le dos une bonne fois pour toutes, laissant un nid de poils noirs au milieu des poils roux de Chien-Lion. Écœurant.

Il fallut ensuite passer la porte ; heureusement, les couvertures une fois roulées sur elles-mêmes avaient juste la bonne largeur pour ne pas se coincer contre les montants. Le plus dur restait à faire : monter les couverture sur l'évier, sinon nous aurions fait tout ça pour rien. Je sautai sur l'évier, réfléchissant à la stratégie à prendre. *Ploc, ploc, ploc*, faisait l'eau qui coulait du robinet derrière moi. Comment aurais-je pu me concentrer dans ces conditions ?!

La première pendule se mit alors à sonner. *Dong* ! *Dong* ! *Dong* ! *Dong* ! *Dong* ! *Dong* ! *Dong* ! Germaine, toujours les yeux fermés, se mit en marche, en direction de l'évier.

XII. Où l'on explore le hall du Rez-de-Chaussée

Je ne savais pas comment elle avait fait, mais Zouzou avait poussé les couvertures si fort pendant que j'étais dans l'évier que le bord touchait presque le haut.

— Je suis fatiguée, dit-elle. Je ne bouge plus.

Et elle se coucha contre les couvertures, les empêchant de glisser. Je plantai mes griffes dedans et tirai de toutes mes forces. Mes pattes n'étaient pas assez puissantes, et je serais tombée en avant si Margot ne m'avait pas rattrapée. Celle-là, elle avait de la chance que mes griffes étaient occupées ! Je laissai glisser mes pattes arrières dans l'évier, pour éviter de tomber à nouveau. L'Abomination resta sur le bord — je dus résister à l'envie de la faire basculer — puis saisit le coin de la couverture dans sa gueule.

— Gnun ! émit L'Abomination. Gneu ! Gnrois !

Oui ! Un peu de travers, mais la couverture était montée ! Elle était presque en place... et retomba. Comment la faire tenir ? Elle glissait chaque fois que nous la lâchions. Et Germaine qui s'approchait !

— Il faut la lever au bon moment, dit Zouzou. Vous n'êtes pas ensemble.

— Mais on ne comprend rien à ce que dit Machine, dis-je.

— Faites-le à mon signal, dit Zouzou. Soyez prêtes !

Je me sentais prête. Je n'avais jamais été aussi prête qu'à cet instant présent. J'étais sûrement beaucoup plus prête que

L'Abomination. Germaine trébucha sur Germaine Petite-Fantôme.

— Maintenant ! dit Zouzou.

Germaine tomba en avant, comme au ralenti. Sa tête arriva sur les couvertures avec un tout petit « *bom* » sourd, rebondit, cogna une deuxième fois beaucoup moins fort, et resta contre la couverture. Nous avions réussi ! Elle était sauvée ! Germaine reprit sa position debout comme si rien n'était arrivé. Je ne m'y étais pas attendue et je glissai en avant avec les couvertures.

Pendant quelques instants, je perdis le fil des évènements. Puis tout d'un coup j'étais assise sur le sol, dans le bon sens. Nous étions toutes les trois indemnes, sorties des couvertures. Germaine était toujours debout, endormie, à côté de nous. Tout avait l'air en ordre.

— Ce n'était pas si dur, dit L'Abomination.

C'est bien sûr à ce moment-là que les deux autres pendules se mirent à sonner, *Ding-dong, Ding-dong, Dong, Dong, Dong, Dong, Dong, Dong, Dong, Dong...* J'envisageai de frapper le crâne de Margot dans le même rythme pour la punir d'avoir provoqué le destin — qui ne savait pas qu'il ne fallait jamais dire que c'était facile ? J'en fus empêchée par Germaine, qui se tourna brusquement vers la Boîte-à-Chaud. Une énorme broche, suspendue par des chaînes, venait d'apparaître juste au-dessus. Elle remuait de façon inquiétante.

— Là-bas ! criai-je.

Nous n'avions pas eu le temps de faire un plan pour cela ! Non seulement la broche était en train de se détacher, mais la Boîte-à-Chaud était rouge écarlate, et faisait de la fumée comme quand le Jeune Hector oubliait de retirer de la nourriture du feu. Tout était perdu !

Zouzou remua soudain du derrière, comme si elle guettait une proie. Je ne l'avais jamais vue chasser, et je crus avoir des hallucinations lorsqu'elle prit son élan et sauta sur le four, puis sur la broche. Celle-ci, déséquilibrée par l'impact, se mit à trembler et à vibrer. La chaîne crissa et *explosa* en miettes avec un « *CLONG* » sonore. La broche s'effondra et alla s'empaler directement sur le haut de la Boîte-à-Chaud, la traversant de part en part. La Boîte-à-Chaud eut un drôle de cri, comme un « *ccrrppttrrrtt* » métallique, puis s'éteignit complètement. Zouzou roulait sur le sol comme si elle était attaquée par une armée de puces.

— Je suis en feu ?! Je suis en feu !? Pitié éteignez-moi si je suis en feu !

— Non, dis-je. Tu es roussie, mais c'est tout.

— Ça sent le poil de chat grillé, dit L'Abomination.

Cette fois-ci, elle l'avait bien méritée, sa claque derrière les oreilles.

La porte de l'escalier vers le rez de chaussée s'ouvrit dans un grincement ridicule.

— Je crois qu'on a gagné, dit L'Abomination. Youpi ?

— Oui, oui, youpi, dis-je. Il faut monter, tu crois ?

— Oui, je crois, dit Zouzou. Tiens, tu n'as qu'à passer devant.

— Sans façon, dis-je, après toi, honneur aux vieilles.

— Non non, honneur aux nouveaux. Tiens, Margot, passe devant, toi.

— Oui, tiens, dis-je, passe devant. Si tu ne meurs pas dans un piège, on sera juste derrière toi.

— Poules mouillées ! dit L'Abomination en s'élançant vers la porte.

Elle dut faire une pause pour se gratter furieusement, soulevant une touffe de poils autour d'elle. Puis elle passa la tête pour observer l'escalier, et bondit, queue en l'air.

— Je suis en haut ! Vous venez, les poupoules ?

Zouzou et moi échangeâmes un regard las. Ces épreuves ne pouvaient pas être pires que de devoir supporter cet agaçant sac à puces névrosé.

L'escalier semblait normal mais je me sentais étrangement vulnérable sur les marches. Je bondis sur le rebord, couvert d'objets en tout genre, afin de me sentir moins exposée. Voilà, j'étais bien plus discrète au milieu des vieilles balances en métal et des statues en porcelaine. J'aurais *probablement* été plus discrète si je n'avais pas fait tomber deux statuettes en essayant de me glisser derrière. Ce n'était pas de ma faute, elles étaient en équilibre. Et puis Zouzou n'avait qu'à pas se trouver en dessous. Ces statuettes avaient l'air louche, de toutes façons. Elles étaient sûrement possédées, ou quelque chose comme ça.

L'Abomination s'était cachée dans un recoin d'ombre, dans le couloir en haut de l'escalier. Seuls ses yeux malsains reflétaient la lumière blafarde.

— Il y a encore un Hector endormi debout, souffla-t-elle.

C'était le Vieil Hector. Endormi et figé, il se tenait debout sur une petite table, les mains tendues vers l'horloge, qui faisait un *tic-tac* de mauvaise augure. Que cherchait-il à faire ? En tout cas, il nous bloquait entièrement le passage vers les escaliers qui montaient vers les étages. Dans la pénombre du hall, on distinguait mieux les silhouettes des deux Hectors Militaires que celles dans la cuisine. Ils tenaient des bâtons dans leurs mains, ceux qu'ils appelaient fusils. Les deux fusils étaient pointés sur le Vieil Hector.

— Vous savez ce que ça fait ? dis-je.

— Pas la moindre idée, dit L'Abomination. Je n'ai jamais vu ça.

— Ça doit lancer quelque chose dans la direction du Vieil Hector, dit Zouzou. Comme ces tubes dans lesquels ils soufflent pour lancer des boulettes en papier.

— Ça n'est pas très dangereux, des boulettes en papier, dis-je.

— C'est sûrement des boulettes en métal, dit L'Abomination. Leurs bâtons sont en métal.

— Bon, dit Zouzou. Essayons de voir s'ils bougent, cette fois-ci.

Sans surprise, personne ne bougea d'un pouce. Même griffés, même mordus, personne n'avait la moindre réaction.

— On peut essayer de le faire tomber de la table, dit Zouzou.

Cette table était faible et branlante, et le Vieil Hector était vraiment fou d'être grimpé dessus. Si Germaine était là, elle le gronderait sûrement, et puis elle nous gronderait de l'avoir fait tomber, mais nous n'avions pas beaucoup de choix.

Chacune appuyée contre un pied, il nous suffit de pousser un peu pour entendre les premiers craquements. La table pencha de plus en plus, puis se disloqua d'un coup en un tas d'échardes et de planches. Le Vieil Hector ne bougea toujours pas ; il flottait dans l'air, comme si la table était toujours sous ses pieds. Zouzou miaula plaintivement.

— C'était une bonne idée, dit L'Abomination, jusque là.

— Toi ça va bien ! dis-je en essayant de lui donner un coup qu'elle esquiva.

— Si on ne peut pas le déplacer, dit Zouzou, il faut qu'on le protège. On doit mettre quelque chose devant le Vieil Hector.

— Oui, mais quoi ? dit L'Abomination. Qu'est-ce qui va arrêter des boulettes en métal ? Un mur ?

— Comment tu veux bouger un mur, idiote ! dis-je en roulant des yeux.

— Peut-être qu'on devrait se mettre devant les fusils, dit Zouzou.

— Mais si ça va tuer le Vieil Hector, dis-je, ça va nous tuer aussi !

— Tu vois d'autres solutions ? dit Zouzou.

— Non, admis-je. Tu vas le faire ?

— Il y a deux fusils, dit Zouzou. On devrait être deux.

J'avais entendu des histoires de chats qui avaient sauvé leurs Hectors. C'étaient des héros, et les héros étaient pratiquement des dieux. Tous les chats rêvent d'être à nouveau des dieux, comme au Début des Temps. C'était presque tentant, cette idée. J'aurais sans doute une statue à mon effigie dans le Grand Salon, et...

— Si vous mourez, dit L'Abomination en se grattant le dos contre un des pieds cassés, ça veut dire que j'aurais la maison ? Je pourrais avoir vos bols ?

Mon sang ne fit qu'un tour. L'Abomination allait s'approprier mes Hectors ? Ma Germaine ? Mon *bol de croquettes* ?!

— *Jamais* ! crachai-je. C'est *toi* qui devrais te sacrifier !

— Ce ne sont pas mes Hectors, dit Abomination.

— On va essayer de trouver autre chose, dit Zouzou. Gardons l'idée si jamais on ne trouve rien d'autre. Je suis sûre qu'on va trouver autre chose.

— Vous êtes sûres ? dit l'Abomination avec un air déçu.

— Opportuniste ! sifflai-je. Sale *traîtresse* !

— Ce n'était pas mon idée, dit l'Abomination en clignant les yeux.

— On devrait explorer, dit Zouzou. On a encore un peu de temps, et il y a peut-être d'autres fantômes, comme dans la cuisine.

EMILIE C. GUYOT

XIII. Où l'on apprend que York est curieusement compétent

Margot et Zouzou essayèrent toutes les portes avec leur méthode pour les poignées. La plupart étaient verrouillées ; le Grand Salon, le petit gourbi à manteaux et chaussures où nous aimions nous cacher, les appartements du Vieil Hector. Cela nous laissait comme terrain d'exploration le Petit Salon, le hall, le bureau. Aucun autre fantôme n'était en vue. Ni aucun Hector...

— Regardez ! dis-je. Ils ont eu York, aussi !

Je venais enfin de distinguer York des coussins du canapé ; pourtant j'aurais dû savoir qu'aucun coussin n'était aussi mal peigné. Je pouvais voir que York respirait. Dommage.

— C'est un chien ! dit L'Abomination.

— Évidemment que c'est un chien, dis-je. C'est *York*.

— Il va falloir le sauver lui aussi ? demanda L'Abomination. Je n'aime pas trop les chiens.

— On pourrait en profiter pour le cogner un peu, dis-je en approchant mon museau de ses oreilles.

Peut-être pouvais-je lui donner une petite morsure, pour jouer. Sur l'oreille, ou alors sur la truffe... Tout d'un coup, York ouvrit les yeux.

— YORK ! aboya-t-il joyeusement. YORK *YORK YORK* !!!

En un éclair, Margot et moi nous étions réfugiées sur le meuble de la Boîte-à-Images. Distraite par l'imbécile de chien, j'oubliai de la tabasser pour être venue aussi près de moi.

— Du calme, dit Zouzou. Ce n'est que York.

Elle en avait de bonnes, elle ! On voyait bien qu'elle n'était pas harcelée par le plus stupide et le plus agressif des représentants canins !

— York *york* ! dit York en remuant la queue comme un fou. Salut les filles ! Ça va les gars ? Ça roule ma poule ? C'est cool qu'on entre ? Tout va bien le chien ? Qui est un bon chien, qui, hein qui ? *Qui* ?

— Mais il *parle* !? dis-je, abasourdie.

— Bien sûr que je parle ! dit York en sautant sur lui-même au pied du meuble comme s'il pouvait nous atteindre. Je parle ! Je *parle* !

— Mais tu ne fais que « *york* » d'habitude, dit Zouzou.

— C'est comme ça qu'on dit bonjour dans ma langue ! Comme vous ne répondiez pas, je pensais que vous étiez bêtes, ou malpolies ! Dans les deux cas, indignes de ma conversation ! *York* !

— Tu peux arrêter de sauter ? dit Zouzou. Tu me fatigues rien que de te regarder.

— Non ! dit York. J'aime sauter ! Sauter, sauter, *sauter* ! Et les chats ! J'aime les chats ! Les chats les chats les *chats* !

— *ASSIS* ! feula Zouzou.

Automatiquement, York retomba assis sur ses pattes arrières. Sa queue frétillait comme s'il était une de ces machines qui s'envolaient. Il était *heureux* de se faire crier dessus ? Pour de vrai ?

— C'est mieux, dit Zouzou.

— À quoi on joue, à quoi on joue, à quoi on joue ?!

— On ne joue pas, dit Zouzou, on essaye de sauver ton maître.

— Mon maître ? Maître !! Où il est ? Où il est où il est *où il est* !??

Zouzou conduisit York dans le hall. Je poussai L'Horreur Au Nom Idiot par terre — la trêve attaque-de-chien était terminée — et attendis un moment avant de les rejoindre, parée de mon attitude la plus hautaine. York tournait en rond, reniflant le sol.

— Il dit que quand il est concentré il est très intelligent, me dit Zouzou.

— Dommage que ça n'arrive jamais, dis-je.

— Vous avez de la chance ! déclara-t-il enfin. Je suis un spécialiste ! Un spécialiste ! Un vrai ! J'ai vu tous les films de spécialiste dans la Boîte-à-Images ! Et je proclame : il n'y a qu'une seule chose à faire !

— Arrêter les croquettes au café ? dis-je.

— Des *croquettes* ? Où ça ?! Où ça où ça *où ça* ??

— Reste *concentré*, dit L'Abomination. Si on ne sauve pas ton maître, il n'y aura plus jamais de croquettes.

— *PLUS JAMAIS DE CROQUETTES* ? dirent en même temps York et Zouzou.

— Plus jamais, dit L'Abomination. Alors, quel est ton plan de spécialiste ?

— Oui ! Je suis un spécialiste ! Il faut sauver les croquettes ! Sauver mon maître ! Et les croquettes ! Concentré ! Je dois me concentrer !

York tournait en rond, à la recherche sans doute de sa concentration. Ou peut-être sa propre queue. C'était difficile à dire.

— Je suis concentré ! aboya-t-il. Et je dis : il n'y a qu'une seule chose qui puisse sauver mon maître des fusils. *Cette armoire !*

York désignait l'armoire de l'entrée. C'était une immense armoire que les Hectors appelaient « normande », avec du bois très épais, très dur et très lourd. Même les Hectors ne pouvaient la bouger que difficilement, et pourtant ils s'y mettaient à plusieurs.

— On n'arrivera *jamais* à la bouger, dis-je.

— C'est là que vous avez tort ! Je sais qu'on *peut* !

— Dit celui qui mange ses propres crottes, dis-je.

— J'étais un chiot ! Tu as sûrement fait des choses idiotes aussi quand tu étais un chiot ! Et puis je ne veux pas faire tomber l'armoire en entier : c'est juste la porte.

— La porte ? dit Zouzou.

— Elle ne tient pas bien, expliqua York. J'ai déjà failli me faire écraser, vous savez ! Mon Maître a juste mis une cale pour réparer ça ! Juste une petite ! On l'enlève, on secoue un peu, et ça tombe !

Je regardai la porte d'un air dubitatif. Je voyais la cale, ce drôle de petit bout de bois. C'était tellement inconscient de la part des Hectors. Et si ça avait été moi, au lieu de York, qui avais failli être écrasée ?

— Quel est ton plan pour enlever la cale, alors ? Tu vas apprendre à voler ?

— Faites confiance à mon instinct de destruction et ma mâchoire de fer ! J'ai exactement ce qu'il faut ! *Ma laisse* !

— Ta laisse ?

— C'est quoi une laisse ? dit L'Abomination.

— Elle est là-haut, sur le bureau du bureau. Euuh... sur la table. Dans le bureau. Oui ! Je peux aller la chercher, et...

— Ça ira plus vite si j'y vais, dis-je sur mon ton le plus magnanime.

Faire tomber les choses par terre était ma spécialité. Si en plus j'aidais York à se ridiculiser, c'était encore mieux. Je sautai sur le bureau, et poussai la laisse d'un coup de patte pour la faire tomber sur le sol. York la renifla (que croyait-il, que j'avais pris la mauvaise ?), puis la ramassa dans sa gueule comme si c'était un objet précieux.

— *Gmaindenant ivaut labacher lahaut et direr* !

— Qu'est-ce qu'il a dit ? me demanda Zouzou.

York posa sa laisse sur le sol.

— Maintenant il faut l'attacher là-haut, dit-il, et tirer ! C'est facile ! Facile ! Vous prenez la boucle-de-cou, ce côté-là, et vous la mettez sur la cale qui dépasse, là-haut, et on tire. Promis ça va tomber ! Promis ! Promis promis !

— Je n'y vais pas, dis-je. Je ne sais que faire tomber des choses, moi.

— J'y vais, dit L'Abomination.

— C'est une mission délicate ! dit York. Délicate ! Il faut rester là-haut et être sûr que ça reste accroché.

— Mais si ça tombe ? dit L'Abomination. Je risque de tomber aussi.

— C'est pour ça que c'est délicat ! dit York.

— Poupoule mouillée, dis-je avec un air vicieux.

L'Abomination me lança un regard noir comme son poil, qu'elle gratta un bon coup, puis elle ramassa la laisse et sauta d'un bond majestueux sur l'armoire. Oui, je devais reconnaître que ce bond était majestueux. Pas étonnant qu'elle saute de fenêtre en fenêtre. Mais c'était sa seule qualité.

La laisse fut vite passée autour de la cale. L'Abomination regardait ça d'un air inquiet, prête à tenir la boucle avec ses pattes, ou s'enfuir, je n'étais pas très sûre. Le reste de la laisse pendait sur le sol. York la saisit avec ses dents.

— OOOH HISSE ! OOOOH HISSE !

Il tirait de toutes ses forces, les babines retroussées sur ses crocs, mais à part déraper sur le sol, il ne faisait pas à grand chose.

— Tu crois qu'on devrait l'aider ? dit Zouzou.

— Pas encore, dis-je. C'est drôle à regarder.

Mais la pendule mit fin à mon amusement. *Bong* ! *Bong* ! *Bong* ! *Bong* ! *Bong* ! Les Hectors Militaires se matérialisèrent et ajustèrent leurs bâtons vers leur cible.

— Il est temps de passer aux choses sérieuses, dit Zouzou.

J'attrapai York par la peau du dos — une chose que j'avais rêvé de faire depuis longtemps — pour le tirer en arrière.

— *PARGNA LAICHE* ! *PARGNA LAICHE* ! jappa York sans desserrer les mâchoires.

Je ne comprenais rien à ce que l'excité aboyait, aussi je continuais à le tirer. Zouzou le poussa frontalement, tête la première, de toutes ses forces. La cale sauta brutalement, et immédiatement la porte bascula et s'abattit sur les fusils qui tombèrent au sol dans un fracas terrible et une volée de poussière et d'éclats de bois. Lorsque j'osai ouvrir un œil, le Très Vieil Hector était toujours là, et les fusils étaient hors de portée de quiconque.

— *VICTOIRE* ! cria York en sautillant sur place comme une grenouille . YORK YORK YORK ! *YORK* !

— À qui tu dis « *bonjour* » ? dis-je.

— Je ne dis pas bonjour ! York york *york* !

— Mais tu avais dit que c'était « *bonjour* ».

— Oui mais ça veut aussi dire « *youpi* » ! *York* !

— C'est n'importe quoi, ta langue.

— Où est Margot ? dit Zouzou.

— Ici, dit-elle en se glissant lentement de derrière l'armoire.

Margot était couverte de poussière et presque aussi grise que moi, mais bel et bien vivante. Ah, dommage. Avec un peu de chance, ce serait pour la prochaine fois.

XIV. Où l'on prend une douche

— Il est mort ? demanda La Chose Noire et Huileuse en s'approchant du Vieil Hector.

— Non ! aboya York. Il respire toujours !

— Il n'a rien de cassé ? dit Zouzou.

— On ne dirait pas, dit York. Il est juste endormi.

Le Vieil Hector avait été poussé par le choc de la chute de la porte et il se trouvait à présent couché par terre. Ses bras étaient toujours en l'air, tendus vers la pendule qui n'était plus là, mais il avait l'air intact. Eh bien, nous ne pouvions rien faire pour lui, mais nous avions accès à l'escalier. Autant monter.

— Attendez-moi ! dit York en nous suivant.

— Tu ne veux pas rester avec lui pour le garder ? dis-je.

— Je vous ai sauvées une fois, je peux encore le faire ! Et puis je ne veux pas rester tout seul...

— Bienvenue au club ! dit L'Abomination.

— Ouais, grommelai-je. On a deux génies avec nous, le voltigeur de la nuit et le spécialiste de la laisse. Quelle *chance*.

Le premier étage était tout aussi sinistre que le reste de la maison.

— C'est la première fois que j'ai le droit de monter ici, dit York.

— C'est juste le Couloir des Portes Fermées, dit Zouzou.

— Comment on fait pour les ouvrir ?

— Margot sait faire. Regarde un peu !

Mais lorsque Margot et Zouzou tentèrent la première porte, celle de la Salle-des-Bains, celle-ci était verrouillée. Ce fut pareil pour la suivante, et la suivante, et encore la suivante. L'Abomination savait tourner aussi bien les poignées longues que les petites rondes, mais ses ridicules acrobaties de crâneuse ne servaient à rien après tout ! Je décidai que c'était le moment de me laver le ventre. Au moins je ne perdrais pas mon temps. York, lui, tournait en rond dans le couloir en reniflant tous les bas de porte comme s'il y avait de la poussière de croquettes par terre et qu'il pouvait manger par ses narines.

— Il y a quelqu'un derrière cette porte ! dit-il devant la Salle-des-Bains. J'en suis sûr ! Sûr ! Sûr sûr *sûr* !

— Si on ne peut pas entrer ça ne nous aide pas, répondis-je.

Mais je restai figée, la patte arrière en l'air. C'était forcément là que nous allions devoir entrer. C'était la pièce la plus dangereuse de tout l'étage. Comment faire ?

— Grison ! souffla Zouzou pour attirer mon attention.

Mon cœur s'emballa. La porte de la chambre de la Jeune Germaine était ouverte. La Terre Promise ! Le Paradis ! La Chambre Interdite ! Zouzou respirait fort, ses yeux dilatés. Je la rejoignis aussitôt. Nous nous tenions tous au seuil de la chambre, que personne n'osait encore franchir. Je tendis la patte en avant, m'attendant à une punition divine, un éclair, ou un coup de botte... mais rien n'arriva. Zouzou fit pareil. Nous posâmes en même temps nos pattes sur le parquet de la chambre. Nous étions entrées ! L'Abomination nous imita, silencieusement.

— Je ne peux pas ! couina York. Je ne peux pas ! L'ordre est imprimé dans ma tête ! Je n'ai Pas Le Droit d'entrer !

— Reste-là si tu veux, dit Grison. Nous, on fait ce qu'on veut.

— Fais le guet, dit L'Abomination. Préviens nous si quelque chose arrive !

— Chef, oui chef ! aboya York.

La chambre, sombre, sentait le parquet ciré et la Jeune Germaine. Quels merveilleux mystères allions-nous découvrir ici ?

La réponse fut : aucun. La chambre de la Jeune Germaine fut une déception. Il y avait un lit parfaitement fait (que je n'eus pas le cœur de défaire), et tout était rangé dans les meubles, ou dans la valise posée sur le sol. La valise était fermée ! Quel affront ! Il n'y avait rien à faire tomber sur les étagères à part un flacon en plastique qui ne s'ouvrit même pas quand je le poussai. Seuls les rideaux étaient quelque peu tentants, à bouger sous le vent qui venait de l'extérieur. La fenêtre était ouverte, et quelques mouches tournaient autour de la lampe-de-plafond.

Soudain, le son terrible de l'horloge traversa notre consternation. *Dring-Dring-Dring-Dring-Dring-Dring-Dring-*

Dring-Dring-Dring ! Cela venait forcément de la Salle-des-Bains.

— York l'avait dit ! C'était l'autre pièce !

— Elle était fermée !

— Il doit y avoir un passage ! Cherchez-le !

Une drôle d'odeur s'élevait du mur mitoyen. C'était moisi, renfermé, comme si de l'eau coulait à travers le mur...

— Ils vont la noyer ! dis-je.

— Il n'y a pas de passage, dit Zouzou. Le mur est solide.

— La fenêtre est ouverte, dit L'Abomination. On peut passer par là !

— Je ne peux pas, se plaignit Zouzou. Les rebords sont trop étroits pour moi.

L'Abomination était déjà sur le rebord de la fenêtre de la chambre.

— C'est ouvert à côté ! dit-elle. Il suffit de sauter ! Je peux y aller, facile. Vous pouvez m'attendre ici, si vous n'osez pas le faire.

Et elle sauta vers la fenêtre de la Salle-des-Bains. Non mais, pour qui se prenait-elle ?! De quel droit elle s'improvisait chef ? Je n'allais pas la laisser sauver la Jeune Germaine toute seule, ah ça non ! En plus, qui me disait qu'elle n'allait pas en profiter pour la tuer, en réalité ?

— Jamais de mes neuf vies de chat, dis-je en sautant sur le rebord.

Ce rebord était effectivement minuscule. C'était le même qu'au rez-de-chaussée, mais on était tellement plus loin du sol que ça le rendait plus petit. C'était mathématique, ou quelque chose dans ce genre-là. L'Abomination voulait se débarrasser de moi, j'en étais *certaine*.

— Dépêche-toi de sauter ici, dit-elle. Sinon tu auras trop peur.

Je lui lançai un Regard foudroyant. Elle était déjà entrée dans la Salle-des-Bains, ses ignobles fesses posées sur un de *mes* meubles, et seule sa tête dépassait par la fenêtre pour me narguer. Mon cœur battait si fort que j'en avais plein les oreilles. Les yeux rivés sur ses stupides oreilles déchirées pour ne pas voir le sol du jardin, si bas en dessous, je sautai vers la Salle-des-Bains. Tant pis si je tombais ! Elle aurait ma mort sur la conscience ! Avec un peu de chance, Zouzou me vengerait...

L'Abomination rentra sa tête à toute vitesse, et elle fit bien, la gueuse ! J'atterris sur le rebord, gracieusement. En tout cas, aussi gracieusement que possible avec des pattes tremblantes de colère. J'étais prête à la mettre en morceaux pour m'avoir forcée à risquer ma vie.

L'esprit encore pétrifié par mon saut héroïque, il me fallut quelques instants pour ajuster mes yeux à la pièce, qui était très claire. Je ne voyais que des formes et des ombres, et ce bruit bizarre d'eau sifflante envahissait mes oreilles. La Vieille Germaine aux Rouleaux était là, devant moi... elle bloquait la porte de la Cabine de Douche ! La Jeune Germaine était enfermée dedans ; elle était debout, sa tête encore hors de l'eau, mais l'eau montait, montait, montait, et bientôt elle serait noyée. Ma tête était vide. Que faire ? Où étaient passées mes idées ? Mon cœur s'emballa de plus belle. C'était bien la peine d'avoir bravé le vide si je ne pouvais pas la sauver ! Elle allait mourir et ça allait être horrible !

— On dirait un de ces pots de cornichons dans du vinaigre, dit L'Abomination.

Cette fois-ci c'en était trop ! J'étais glacée de peur et bouillante de rage et il fallait que cela sorte !

— C'est de ta faute ! crachai-je. Elle va *mourir* et c'est entièrement à cause de toi !

— Quoi ? Moi ?

— Tu as voulu me tuer, et comme tu n'as pas réussi tu vas me faire voir mourir la Jeune Germaine. Tu es de mèche avec *Lui* !

— Tu es complètement folle ! Il faut juste arrêter l'eau et...

— Et tu m'insultes ! crachai-je. C'est toi qui vas mourir !

Et sans attendre sa réaction je lui sautai dessus, toutes griffes dehors.

L'Abomination détala devant moi, mais elle ne pouvait pas m'échapper dans cette pièce fermée dont je connaissais tous les recoins. Elle tenta de sauter sur l'étagère-à-linges mais je lui coupai la route et visai ses yeux. Elle esquiva mes griffes à la dernière seconde et se glissa comme une ombre dans l'espace impossible entre la douche et le mur.

— Tu ne peux pas m'échapper !

Je ne la voyais pas, et je frappai à l'aveugle. L'espace était si étroit que je ne pouvais passer qu'une patte à la fois pour l'atteindre. Cela me frustra encore plus. La colère montait et bouillonnait en moi comme l'eau dans la Cabine de Douche, et la peur paralysait ma raison. Il fallait que je détruise mon ennemi, détruise, détruise, détruise.

L'Abomination rampait entre le mur et la Cabine de Douche en espérant que prendre de la hauteur lui permettrait de m'échapper. Mes griffes frôlèrent sa queue, faisant couler du sang. Le *sang*. L'odeur me fit perdre le peu de tête qu'il me restait. J'attaquai de mes griffes et de mes crocs tout ce qui était autour de moi ; le mur, le sol, le tapis de bain, les vitres. Les portes de la Cabine étaient tenues ensemble par une sorte de bande rebondissante qui ressemblait à certains jouets de York que j'avais volés. C'était tendre et faible, et c'était tout ce qu'il me fallait pour me défouler. Je fis de mon mieux pour les exterminer.

Je n'avais pas réalisé que cette bande tenait non seulement les portes, mais aussi l'eau à l'intérieur de la Cabine. Lorsque la bande se déchira, lacérée, ce fut d'abord une longue fente qui cracha un filet d'eau, puis une deuxième, puis ce fut une cascade qui s'abattit sur moi. Je crus que les vitres tombaient aussi, mais elles furent seulement poussées par la pression et restèrent accrochées à la Cabine — une chance, parce qu'il m'aurait été impossible de les éviter, écrasée comme je l'étais par les litres d'eau.

EMILIE C. GUYOT

XV. Où l'on se repent

L'instant suivant, j'étais aplatie sur le sol, trempée, lessivée, vidée de toute ma peur et de toute ma colère. Margot était tombée du haut de la Cabine et ressemblait à un rat tout maigre, les poils collés à son corps, gouttant lamentablement sur le sol. Elle avait l'air ridicule, un stupide épouvantail, mais je n'avais pas la force de me moquer.

La Jeune Germaine était toujours dans la douche, enroulée dans une serviette dégoulinante d'eau, et elle avait glissé sur le sol. Elle respirait et, comme les autres Hectors, elle avait l'air de dormir profondément. Bien. Il ne me restait plus qu'à me souvenir comment bouger, et tout irait parfaitement bien. J'avais l'impression de peser une tonne avec ma fourrure pleine d'eau.

La porte de la Salle-des-Bains se déverrouilla avec un « *clic* », mais il fallut que Zouzou pousse la porte fort à travers l'eau afin de l'ouvrir. L'eau s'écoula dans le couloir en direction de l'escalier.

— York ! Rrrr-York york york *york york* !!

— Mais qu'est-ce qu'il s'est passé ici ? dit Zouzou.

— Elle a voulu me tuer, dit Margot plaintivement.

— On a *entendu*, dit York. On aurait dit qu'il y avait des *démons* ! Ou pire, des *facteurs* !

— *Elle* m'a attaquée et j'ai dû me cacher là-haut et elle a attaqué la...euh... la fontaine à la place.

Zouzou cligna des yeux, me regarda, regarda Margot, hésita un moment, puis se redressa avec son meilleur air autoritaire, et me fixa de toute sa hauteur en plissant les yeux. On aurait dit qu'elle imitait Domino.

— C'est mal, ce que tu as fait.

— Mais, commençai-je faiblement, j'ai sauvé...

— Non ! dit Zouzou. C'est *mal*. On a dit qu'on devait sauver les Hectors, pas détruire leur maison.

— Mais...

— Pas de mais ! dit Zouzou. Tu as failli tout gâcher, tout ça parce que tu es jalouse et que tu ne sais pas te contrôler ! Regarde ce travail ! Et si tu avais touché un Fil Électrique, hein ? Tu aurais pu tuer Jeune Germaine !

— Et moi ! dit Margot.

— Et Margot aussi, dit Zouzou.

— J'aurais voulu ! dis-je, dépitée.

— Eh bien, dit Zouzou, tu devrais avoir honte.

J'avais honte, mais je n'allais pas l'avouer. Le poids de ma honte me clouait au sol encore plus fort que l'eau. Mes coussinets faisaient des bulles quand j'essayais de bouger mes pattes. C'était injuste, j'avais sauvé la Jeune Germaine et je ne pouvais même pas l'apprécier.

Je me traînai vers la Jeune Germaine et me laissait tomber contre elle. Je reconnus alors l'odeur de ses cheveux. Ils étaient à ma portée... je léchai les cheveux une fois. Et deux fois. Dès la troisième fois, je me sentais déjà mieux. Un jour, il faudrait que je trouve ce qu'elle mettait dans ses cheveux qui les rendait aussi bons. Des bribes de conversation commençaient à retrouver leur sens.

— Tu es sûre qu'il y a un autre fantôme à cet étage ? disait York à Zouzou.

— Oui, disait Zouzou. Un Hector qui a pris le courant Électrique en se lavant. Il devrait être là.

— Il n'y est pas, dit York.

— Merci, dit Zouzou irritée, je vois bien que je ne le vois pas !

Elle avait fait tomber une pile de linges secs sur Margot, dans l'espoir sans doute de l'éponger. Ou de l'enterrer pour de bon. De là où j'étais, il était difficile d'en être certaine.

— L'eau est ici, disait Zouzou. Je ne vois pas où il pourrait être ailleurs.

— Je n'entends pas de tic-tac ici, dit la voix de Margot sous la pile de linges.

— Il faut peut-être suivre une piste ? dit York en tournant en rond tout en reniflant. Aïe ! jappa-t-il. J'ai de l'eau dans le nez !

— Je suis stupide, dit Zouzou. Bien sûr qu'il y a une autre pièce d'eau ! Chez le Plus Jeune Hector ! C'est la porte au fond du couloir !

— C'était fermé tout à l'heure, dit Margot.

— Ce n'est peut-être plus fermé maintenant qu'on a sauvé la Jeune Germaine, dit Zouzou. Si ça se trouve, la porte s'est ouverte en même temps qu'ici. Allons voir.

113

— Mais on n'est pas sèches, dit Margot.

— Nous n'avons pas le temps d'attendre, dit Zouzou. Courage.

Après la clarté de la Salle-des-Bains, le couloir avait l'air d'être plongé dans le noir, ce qui n'arrangeait pas mon humeur. La traversée jusqu'à la chambre du Plus Jeune Hector fut une torture à chaque pas, sous le poids de l'eau et de la honte. Je crus que je n'y arriverais jamais et que j'allais me laisser tomber pour mourir là... mais je n'allais pas laisser l'Abomination prendre ma place. De plus, elle avait l'air aussi mal en point que moi. Bon, me dis-je, il était temps d'y faire quelque chose. En temps normal j'aurais simplement attendu d'oublier ce qu'il s'était passé, mais là, je n'avais pas d'autre solution. Je devais me débarrasser de cette honte une bonne fois.

— Eh, soufflai-je vers Margot. Eh, toi.

Margot me jeta un regard de coté furtif. Bon, j'avais son attention.

— Je m'excuse de t'avoir attaquée.

Margot continua à marcher, faisant mine de ne pas m'avoir entendue.

— Je n'aurais pas dû le faire, continuai-je. J'ai eu tort. Ce n'était pas de ta faute.

J'avais le sentiment d'en faire trop, aussi je me tus. Elle n'allait pas me croire, et si elle ne me croyait pas, elle ne me pardonnerait pas. Mais si c'était vraiment de sa faute, elle allait peut-être l'avouer, maintenant, et je pourrais prétendre que c'était un plan pour la démasquer...

— Excuses acceptées, dit Margot.

Je hochai la tête. Une partie du poids disparut de mes épaules. Ce qu'il ne fallait pas faire pour survivre, vraiment. J'en aurais presque souri. J'étais presque contente. Presque.

— Regardez, dit Zouzou. La porte est ouverte.

EMILIE C. GUYOT

XVI. Où l'on se prend les pattes dans des pelotes

Le Plus Jeune Hector vivait dans une énorme pièce, rien que pour lui. Il y avait son lit, plusieurs Boîtes-à-Images, et même un canapé et une machine-à-boissons pour le matin. Le long des murs, le Plus Jeune Hector avait mis des rangées et des rangées d'étagères, pleines de disques-à-images et de petits objets en plastique. Les petits objets avaient des visages peints, et des petits bâtons qui partaient dans toutes les directions. Je n'avais pas le droit de monter sur ces étagères, pas depuis que j'avais fait tomber un certain « jet d'ail » et cassé son « lasère ». C'était injuste. Jet d'Ail m'avait provoquée. Il avait eu ce qu'il méritait.

Lorsque j'arrivai enfin dans la chambre, Zouzou et York étaient en train d'inspecter le coin qui servait de Salle-des-Bains et de litière. Je les laissai faire, après tout, c'était à leur tour de travailler. Le Plus Jeune Hector était endormi, assis sur son fauteuil devant sa Boîte-à-Images de bureau, celle qui avait plein d'autres boîtes connectées à elle. Ma préférée était le « clavier » parce que ça faisait crier tout le monde quand je marchais dessus. Même si j'en avais eu envie à présent, je ne pouvais pas y aller ; le Plus Jeune Hector avait la tête posée dessus.

— C'est ici, dit Zouzou. J'entends le tic-tac.

— Comment tu as dit que le fantôme était mort ? dit York.

— Il a fait tomber son rasoir dans l'eau, dit Zouzou.

— C'est quoi un rasoir ? dit Margot.

— C'est pour raser ses poils de tête, dis-je.

— Mais Plus Jeune Hector ne se rase pas, dit York. Il a tous ses poils-de-menton.

— Ce sera autre chose, dit Zouzou. Si le Médecin a déplacé le fantôme, il va peut-être aussi changer l'Électrique...

— C'est tricher ! dit Margot. Il change les règles.

— Il y avait des règles ? demandai-je.

— Nous sommes prêts à tout ! dit York. Nous sommes prêts ! Prêts prêts *prêts* !

Je me demandais si nous allions être attaqués par les objets sur les étagères. Jet d'Ail pourrait vouloir prendre sa revanche sur moi... les petits yeux peints étaient perturbants, comme des insectes, mais encore plus perturbants. Et il y en avait tellement... je me méfiais particulièrement d'une araignée géante. Elle était sur un socle, mais savait-on jamais...

La pendule sonna alors. *Bip-bip* ! *Bip-bip* ! *Bip-bip* ! *Bip-bip* ! *Bip-bip* ! *Bip-bip* ! Nous allions bientôt savoir.

Le robinet du lavabo se mit soudain en marche, remplissant rapidement la vasque qui se mit à déborder. York s'enfuit se cacher derrière Margot.

— L'eau ! dit Zouzou. Mais où est l'Électrique ?

Il y avait un mouvement vers la Boîte-à-Images Branchée. Il me fallut un moment pour réaliser que c'étaient les câbles et les fils qui se tordaient sur eux-mêmes, comme des serpents. Leur élan leur permettait d'avancer, traînant leurs Boîtes avec eux. Les serpents de câbles tombaient sur le sol, s'enroulaient les uns sur les autres, formaient un plus gros serpent qui avait encore plus d'élan. Il se dirigeait inexorablement, bien que lentement, vers la flaque qui s'agrandissait au pied du lavabo. D'autres fils s'étaient enroulés autour des bras du Plus Jeune Hector, et d'autres autour de ses pieds. Ils enlevaient ses chaussures et ses chaussettes.

— Je sais ! aboyait York. Je sais ! Je sais quoi faire ! Il faut débrancher les prises ! C'est toujours ce que le Vieil Hector fait avec l'Électrique !

— Comment tu fais ça, toi ? dit Zouzou.

— Je m'en charge ! dit York. Je m'en charge ! Je m'en charge ! Vous, ralentissez les câbles ! Ils ne doivent pas toucher l'eau ! Rrrr-*york* !

— Je vais les ralentir, dit Zouzou.

Cette fois-ci, elle ne sauta pas. Elle avança très tranquillement vers le serpent de câbles et s'assit dessus de tout son poids. Le serpent se trouva plaqué au sol. Il resta immobile un instant, puis eut un soubresaut, puis deux, puis trois. Zouzou lui donnait des coups de patte à chaque mouvement. Le serpent essaya de se séparer en deux, mais Zouzou était assez large pour retenir toutes ses tentatives.

119

Le Serpent devint alors fou furieux et commença à onduler de plus en plus fort sous Zouzou, afin de la projeter sur le côté. Celle-ci écarta les pattes afin de garder son assise, mais le Serpent arriva à traîner Zouzou avec lui.

— Dépêche-toi ! cria Zouzou à York. Je ne vais pas tenir longtemps !

— J'essaie ! cria York. J'essaie mais ça résiste ! Ça ne sort pas !

— *Plus vite* !

Le Serpent ondulait de plus en plus vite, et des étincelles apparaissaient le long de son corps. Il allait toucher l'eau.

— Très bien, dit York. Mesure d'urgence ! Rrrrryork ! *YORK* !

York enfonça ses dents *dans* le câble de la prise. Il y eu un horrible grincement métallique, quelques étincelles, et toutes les machines et les lumières s'éteignirent d'un coup. Mes pupilles se dilatèrent pour s'adapter à la lumière venant du couloir ; toute l'Électricité de la chambre du Plus Jeune Hector avait disparu. Les câbles sous Zouzou étaient mous et sans vie. York était sur le sol, inerte.

— York ? cria Zouzou. York !

Margot s'approcha de York, le poussa avec son nez. Des étincelles passèrent de York à Margot et elle sauta en arrière.

— Je crois qu'il est...

— *YORK* ! dit York en sautant sur trois pattes.

La dernière patte était levée comme s'il était un chien de chasse qui avait trouvé une proie. York avait les yeux écarquillés, et ses poils se dressaient de tous les côtés.

— Ça a marché ? Ça a marché ? J'en vois encore un ! York york york *york* ! aboya-t-il en essayant de sauter après sa propre queue.

— Il est vivant, dit Zouzou en soupirant de soulagement.

— Et toujours le même, dis-je.

— Comment il a fait ? dit Margot. Il devrait être mort !

— Ça a tout coupé ! dit York. Mon Hector dit toujours qu'il y a des sécurités dans ces choses. Il suffit d'être un spécialiste pour le savoir !

— J'espère que les Hectors pourront réparer les dégâts, dit Zouzou.

— Pas de souci ! jappa joyeusement York. Mon Vieil Hector arrangera tout ça ! C'est sa spécialité ! Il monte sur une chaise, il met des cales, et tout est réparé !

Toujours en équilibre sur trois pattes, il se secoua tellement fort pour remettre sa fourrure en place qu'il se projeta lui-même par terre.

EMILIE C. GUYOT

XVII. Où l'on passe la dernière épreuve sous les toits

J'étais contente de laisser le carnage des Boîtes-à-Images du Plus Jeune Hector derrière nous. Il n'allait vraiment pas être content quand il découvrirait les dégâts ; les Hectors tenaient beaucoup à leurs Boîtes et particulièrement le Plus Jeune Hector. Nous aurions dû inclure une clause de réparation dans notre marché avec le Médecin.

— Allez, allez ! jappait York encore tout Électrisé. Plus qu'un étage et tout sera fini ! Courage !

Les escaliers s'éclaircissaient dans les hauteurs, mais j'étais encore humide et nos pas résonnaient lugubrement sur le bois des marches. Les murs n'étaient plus recouverts de papier mais de bois — « lambrissés », comme les Hectors disaient. Je ne savais pas si les Hectors trouvaient ça plus joli, mais en tout cas c'était très bruyant. Dehors, le vent se levait, et l'on entendait l'air siffler entre les planches, et aussi dans le toit. Je frissonnais, et pas uniquement de froid.

Nous fûmes bientôt devant la porte de la chambre du Jeune Hector à Gros Yeux. Si le Médecin n'avait pas encore changé toutes les règles, c'était là que la suite allait se dérouler. Margot et Zouzou allaient encore faire leur petit numéro avec la poignée, à coup sûr... mais lorsque York appuya son nez contre la chatière de la chambre, celle-ci s'ouvrit sans opposer de résistance.

123

— C'est peut-être un piège, dit Margot.

— C'est sûrement un piège, dit Zouzou.

— Et nous n'avons pas le choix, dis-je. Notre vie est vraiment difficile.

— Mais nous sommes si près de la fin ! dit York. Allez ! On y va ! Allez ! Nous sommes de courageux héros ! Allez !

— Vas-y, toi, dit Zouzou, passe devant.

Les oreilles de York se dressèrent sur sa tête, puis s'aplatirent. Il regarda la chatière, hésita, fit un petit bond sur le côté, grogna, fit un autre petit bond de l'autre côté, jappa. Son cirque n'impressionnait personne, et surtout pas la chatière. Autour de nous, le vent se levait de plus belle. Parfait, une tempête. Voilà tout ce qui nous manquait. York fit un drôle de son, comme si quelqu'un lui avait subitement mordu le derrière.

— Tu parles d'un courageux héros, dit Zouzou en poussant York à travers la trappe.

Pendant un instant, il y eut un concert de jappements plaintifs de York et le crissement de ses griffes qui raclaient le parquet. Puis il n'y eut plus que le vent qui hurlait, sans fin.

— Tout va bien ! dit York en passant son nez à travers le trou de la chatière. Le fantôme est occupé dehors ! Vous pouvez entrer !

La pièce était en effet très tranquille. Le Jeune Hector à Gros Yeux dormait sur son lit, profondément, comme à son habitude. La fenêtre était ouverte — c'était la raison pour laquelle les cris du vent étaient si forts — et l'on devinait le Tout Petit Hector Fantôme à demi-grimpé sur le toit. Au milieu d'une tempête. Ça ne pouvait que bien finir.

— Il a parlé des oiseaux, dis-je. Et d'un nid qui l'a piqué.

— Ça pique, les oiseaux ? demanda York.

— Avec leurs becs, dit Margot.

— Le Jeune Hector à Gros Yeux a peur des oiseaux, dit Zouzou. Ça ne m'étonne pas du Médecin d'avoir choisi ça pour lui. Il est cruel.

— Il a peut-être un passé horrible, dit Margot.

— Sûrement, dit Zouzou. Il a dû avoir très mal pour faire ça.

— Vous le défendez !? dis-je outrée.

— On pense comme des Hectors, dit Zouzou. Ils ont de drôles de pensées comme ça, des fois.

— Pensez plutôt à ce qu'on peut faire contre des oiseaux ! dis-je.

— Que ferait un Hector ? dit York.

— Il fermerait la fenêtre, dit Margot.

La fenêtre s'ouvrait en basculant vers l'intérieur. Pour la fermer, il aurait fallu que quelqu'un monte sur le toit et appuie de l'autre côté... mais le Tout Petit Hector était dans le passage. Et puis nous ne pouvions pas la verrouiller et si des oiseaux voulaient vraiment entrer, ils n'auraient qu'à pousser le haut de la fenêtre vers l'intérieur. J'étais sûre qu'un oiseau faisant partie d'un plan du Médecin ferait ça.

— Je pense que cette fois-ci, il faut faire ça comme des chats, dis-je.

— Comment ça ? dit Zouzou.

— Les oiseaux vont entrer et on va les chasser.

— J'adore ce plan ! dit York. Chassons ! Rrrr-york ! york york *york* !

— Et s'ils sont gros ? dit Zouzou qui était loin d'être aussi enthousiaste.

— Ils ne peuvent pas être si gros s'ils doivent entrer par la fenêtre ! dit York.

— Nous sommes quatre, dis-je en ignorant l'air surpris de Margot quand je l'inclus dans le groupe. On peut s'en sortir.

— Si tu le dis, dit Zouzou.

— Il faut juste se préparer.

— Je serais plus rassurée s'il n'y avait pas la tempête dehors, dit Margot.

— Ce n'est que du vent, commençai-je...

Je réalisai, un peu tard, que ce n'était pas le vent que nous entendions. Le sifflement était devenu un grondement sourd. Il y avait quelque chose contre la vitre, ou près de la vitre, et qui la faisait vibrer...

— Tu es sûre que c'est le vent ? dit Zouzou.

— On dirait des *voix*, dit Margot.

— On dirait une *machine*, dit York.

Le Tout Petit Hector tomba de la fenêtre, qui explosa en milliers de taches noires et jaunes furieuses et bourdonnantes. Oh non. J'aurais mille fois préféré des oiseaux.

— *Alerte aux frelons* ! cria York en courant vers un abri qui n'existait pas.

126

La chambre bascula dans le chaos le plus complet. Les frelons étaient partout ; ils volaient autour de nous en piqué, en rond, en zigzag, regroupés en essaims qui changeaient de forme sans arrêt, essayant d'entrer dans nos oreilles et de piquer nos yeux si nous nous défendions. York essayait de les manger — cet imbécile heureux ! — mais, heureusement pour lui, refermait chaque coup de mâchoire dans le vide. Il devait y avoir un dieu protecteur des chiens écervelés.

— Ne bouge plus ! lui sifflai-je. Ferme ta bouche et fais la statue ! C'est notre seule chance !

— Ça aussi c'est la méthode « chat » ? dit-il.

Margot avait autant de mal à rester immobile que York. Tous les deux étaient parcourus de spasmes au moindre contact avec les frelons. Pourquoi n'étaient-ils pas piqués ? pensai-je. Pourquoi n'étions-nous pas leurs cibles ?

Tous les meubles, étagères, lit étaient recouverts d'un tapis noir et jaune vivant et frémissant ; il y en avait sur le sol, grouillant autour de nos pattes. Gros Yeux et son lit avaient entièrement disparu. Nous n'avions nulle part où nous cacher, nulle part où nous protéger, et rien n'indiquait que les frelons allaient s'arrêter, ni ce qu'ils comptaient faire.

— On ne peut pas rester là sans rien faire, dit Zouzou.

— La méthode « chat » ne marche pas ! dit York.

— Il faut penser comme des Hectors, dis-je. Qu'est-ce qu'un Hector ferait ?

— Il s'enfuirait ? dit York. C'est très « Hector » de partir en courant devant des *bzzzzzs*. Et en hurlant, pour leur faire peur.

— S'enfuir n'est pas une option, dis-je en détestant chacun de mes mots.

— Les Hectors iraient chercher les bouteilles de poison, dit Zouzou. Celles qui tuent les volants en leur crachant dessus.

— Mais on n'en a pas, dis-je. Et même si on en avait, on n'a pas de *mains* pour actionner la pompe.

— Quoi d'autre, alors ?! dit York qui cédait à la panique.

— Ils les mettraient dans des boîtes, dit Margot d'une petite voix.

Une boîte ? Des *frelons* dans une *boîte* ?! J'allais me moquer de cette idée totalement stupide lorsqu'une lumière s'alluma dans mon esprit.

— Elle a raison, dis-je. Une boîte.

— Arrête d'être d'accord avec elle ! dit Zouzou. Tu me fais peur.

— Et York a raison aussi, continuai-je, les Hectors feraient encore plus de bruit que les frelons.

Ce dont nous avions besoin était posé contre un mur de la chambre. Cette Boîte était branchée au mur, attendant de faire son devoir. C'était une machine de terreur, un soldat de métal terrifiant, seul être de taille à mener le combat pour nous. L'Aspirateur.

Je me glissai à pas lents et précis entre les insectes vers l'Aspirateur. Le gros bouton rouge, sur le côté de la Boîte, ne demandait qu'à être pressé.

— Comment on va diriger le tuyau ? dit Zouzou juste derrière moi.

— On va pousser le tuyau vers les frelons, dis-je. Son souffle fera le reste.

— Je ne peux pas faire ça ! couina York. Pas l'Aspirateur ! C'est mon *ennemi mortel* !

— Il le faut ! dis-je. Sois brave et courageux.

— Pour les Hectors ! dit Zouzou.

— Pour les Hectors, répéta York. Pour les Hectors, pour les Hectors, *pour les Hectors.*

Zouzou posa sa patte sur le bouton rouge, prête à libérer le dragon.

— *POUR LES HECTORS !* cria-t-elle.

Zouzou pesa de tout son poids sur le bouton rouge, et l'Aspirateur prit vie dans un rugissement déchirant, rageant et soufflant. Je me répétais que ce n'était pas un monstre, c'était notre chevalier à l'armure brillante ! Il allait tous nous sauver ! Je n'avais aucune raison d'avoir peur de lui, je l'avais délivré, j'étais son maître ! York donna un coup de tête dans le tuyau, qui tomba avec un mouvement sec et précis au milieu des frelons. L'essaim eut un immense mouvement de recul, s'éloignant de cette barre de métal qui ajoutait son bruit de soufflerie infernal au vrombissement assourdissant, et qui se tordait sous l'effet de l'aspiration comme le serpent de câbles avant lui. J'espérai une seconde que cela suffirait à leur faire peur. Mais les frelons s'élevèrent soudain, formant un mur compact et noir. Je croyais voir chaque dard aiguisé et menaçant. C'était un plan complètement fou, pensais-je. Ça ne pourrait jamais marcher. Ils allaient fondre sur nous et tous nous réduire en charpie de chat.

XVIII. Où l'on confronte un mauvais perdant

Je n'avais jamais su où allait la poussière une fois prisonnière de l'Aspirateur. Je soupçonnais qu'elle n'allait nulle part, et que le procédé était complètement magique. J'avais entièrement raison : l'Aspirateur dévorait les frelons comme un ogre affamé. Les insectes étaient happés dans le tuyau et disparaissaient par centaines sans aucune trace, me laissant aussi abasourdie qu'impressionnée.

À la fin de son travail, l'Aspirateur s'éteignit de lui-même, retombant sans vie sur le sol.

Gros Yeux ronflait légèrement. Je dus rassembler mon courage pour m'approcher de lui et vérifier, mais il n'avait pas la moindre piqûre, ni la moindre trace de blessure.

— On a gagné, alors ? dit Zouzou sur un ton incertain.

— On a dû gagner ! dit York ! Gagné ! Gagné gagné *gagné* !

— Pourquoi il ne se réveille pas ? dit Margot. Les Hectors devraient être libérés, non ?

— Comment tu veux que je le sache ? dis-je sur un ton bien moins cassant que je ne l'aurais souhaité.

— Il faut trouver Domino, dit Zouzou. Lui, il saura.

Les escaliers furent dévalés quatre à quatre. Dans le hall, le Vieil Hector était encore couché par terre au milieu des éclats de bois de la porte de l'armoire. Tout était plongé dans le noir, sauf...

131

— La porte du Grand Salon, souffla Zouzou.

Le Grand Salon devait son nom à sa taille démesurée : les Hectors avaient dû abattre une cloison entre deux « salles de classe » pour lui donner sa taille actuelle. Il était plein de mobilier « vintage », avec des pieds sculptés et des grands tableaux aux murs avec des gens tout plats qui avaient des regards de biais. De l'eau tombait du plafond — nous étions juste sous la grande chambre du Plus Jeune Hector. Je me souvins soudain que nous n'avions pas arrêté le robinet d'eau dans sa chambre. Mince, alors.

Il y avait deux grandes fenêtres côté cour qui étaient aussi des portes. Devant l'une d'elle se tenait le Médecin, rigide et sérieux, plongé dans une contemplation de l'extérieur.

— On a réussi toutes vos épreuves, on a gagné ! dit York. Réveillez nos Hectors !

— Où est Domino ? demanda Zouzou alors que le Médecin ne bougeait pas.

— Vous avez triché, dit le Médecin. Vous êtes quatre.

— Nous sommes *trois* chats, dis-je. Et un *york*. Ça ne compte pas !

— C'est tout de même de la triche, dit le Médecin.

— Vous n'aviez qu'à pas le laisser réveillé, dit Margot. Votre faute.

— *Où - est - Domino* ? demanda Zouzou.

— J'ai gagné, dit le Médecin. Il a perdu.

— C'est impossible, dit Zouzou.

— Ah oui ? Et pourquoi donc ?

— Parce que personne ne peut répondre à des énigmes de chat, dit Zouzou, et surtout pas vous. Elles ne sont pas de votre *logique.*

— Je peux répondre à n'importe quelle énigme ! dit le Médecin.

— Oh vraiment ? dit Zouzou avec une étrange lueur dans ses yeux. Pourquoi le chat marche-t-il au milieu des étoiles ? Pourquoi saute-t-il à travers les nuages, et pourquoi guette-t-il ce qui n'est plus là ?

Il était clair que le Médecin n'en avait aucune idée. Il gardait un calme apparent, mais un tic nerveux faisait plisser son œil gauche, et relevait sa lèvre comme s'il montrait les crocs.

— Vous donnez votre langue au chat ? dit Zouzou en grondant dangereusement. Qu'est-ce que vous avez fait de *Domino* ?

— Si vous tenez tant à le revoir, dit-il, je vais exaucer votre souhait !

Un grand coup de vent s'éleva, faisant claquer tous les volets. Margot, occupée à s'arracher des poils, ne vit rien venir et fut emportée sans résistance, avec York. Zouzou, entraînée par son poids, roulait et feulait, en vain. Une force invisible me poussa violemment et me fit glisser sur le sol. Je tentai de planter mes griffes dans le parquet, mais mes pattes ne pouvaient s'accrocher à rien, même pas aux montants des portes ou à la rampe de l'escalier ; il était impossible de

133

résister et je fus traînée dehors. La porte-fenêtre claqua derrière nous.

— Tricheur !! criait York. Tricheur tricheur tricheur *tricheur* !!!

— Où on est ? demanda Margot. Je ne connais pas ce côté de la maison.

Je sentis une pointe d'excitation paniquée en réalisant où nous nous trouvions. C'était la cour des chiens ! C'était interdit ! Germaine avait trop peur que Chien-de-Chasse ne nous prenne pour des lapins... Où étaient les chiens, d'ailleurs ? S'ils n'étaient pas dans leur pièce... étaient-ce leurs aboiements que j'entendais, couverts par le vent ?

Chien-Lion et Chien-de-Chasse jaillirent dans la cour, la bave aux lèvres et les yeux brillants d'excitation. Il fonçaient droit sur nous, et leurs aboiements disaient « *intrus !* *intrus ! proies !* ». Ah mais *non* ! Je filai à toute vitesse. Peu importe où j'allais, l'important était de *bouger*.

— York york *york* ! Ils nous en veulent ! Retraite ! *Retraite* !

Ce fut la débandade. Zouzou ne pouvait pas courir ni très vite, ni très longtemps, aussi se fit-elle la plus impressionnante possible et trottina devant les pattes de Chien-Lion afin de le rendre confus. Ce grand dadais sembla retrouver une partie de ses esprits, et s'arrêta de beugler comme une vache pour renifler Zouzou. En revanche, Margot et moi étions apparemment au menu de Chien-de-Chasse. Il nous fallait un abri en hauteur. Vite ! Les crocs de Chien-de-Chasse étaient sur moi !

— *CHOISIS UN ADVERSAIRE À TA TAILLE ! RRRR-YORK YORK YORK ! YORK !*

York avait attaqué les pattes de Chien-de-Chasse et lui aboyait dans les oreilles à plein volume. Chien-de-Chasse changea de cible et se précipita sur York. York jappa de peur et sprinta vers la maison.

Des branches ! Mon salut ! Je sautai sur celles les plus basses, suivie de près par Margot, puis grimpai le plus haut possible. York avait changé de direction, et disparut par un trou du poulailler ; Chien-de-Chasse oublia de freiner et se cogna contre la palissade. Zouzou arriva tranquillement pour se coucher au pied de l'arbre où nous étions. L'arbre ! Nous étions dans l'arbre sacré !

— Qui me dérange ? dit une voix puissante d'Hector en colère. Des chats ? Pas encore des chats !

Le poil se hérissa sur tout mon corps. Un Hector fantôme, barbu et à cheveux longs, se trouvait sur l'arbre avec nous. En réalité, il *était* l'arbre. Mais pas vraiment non plus. C'était compliqué et très perturbant. J'hésitais à me livrer à Chien-de-Chasse, c'était peut-être encore moins effrayant.

— Et qu'est-ce qu'ils ont à hurler encore, ces chiens ? dit la Voix. La ferme ou je vous transforme en descente de lit !

Chien-Lion et Chien-de-Chasse obéirent, penauds.

— Mais qu'est-ce qu'il se passe, ici ? dit Hector Barbu en regardant la maison.

— Mais enfin, mon gendre, vous voyez bien qu'ils sont attaqués !

Une petite Germaine frisée était aussi dans l'arbre. Enfin, elle *était* l'arbre. C'était décidément trop compliqué pour moi.

— Belle-maman, vous avez raison, dit Hector Barbu. Il est grand temps que nous passions à l'action.

— Je ne vous le fais pas dire, mon gendre, dit Germaine Frisée.

Le Hector fantôme-Barbu et Germaine fantôme-Frisée se détachèrent de l'arbre. Hector grandit, grandit ; c'était un géant, et sa voix résonnait dans la cour. Il avait un œil plus fermé que l'autre, et une main qu'il gardait serrée comme une branche repliée.

— Médecin ! dit Hector Barbu. Va-t-en de chez moi !

Germaine Frisée leva ses petites mains. Sur la gauche, elle avait de longues aiguilles à la place des doigts, et dans la droite elle avait une sorte de sceptre en bois.

— Laisse mes enfants en paix ! dit Germaine Frisée.

Une nuée de corbeaux et d'hirondelles s'abattit sur la maison. Le battement de leurs ailes était si fort qu'il s'opposait à la tempête du Médecin : les deux vents contraires s'affrontaient autour de la maison et créaient un tourbillon. Les volets battaient, les portes claquaient, des éclairs déchiraient le ciel. Des meubles furent soulevés, les épées des murs arrachées, les statuettes, les tableaux, les chaises, les tables ; tout se mit à tourner. Les corbeaux croassaient, le vent hurlait, la maison craquait et claquait, c'était un vacarme épouvantable. Les branches de l'arbre sacré étaient secouées dans tous les sens. Margot sauta au sol, et je suivis en prenant de mon mieux l'air d'avoir été la première à y penser.

— Tout le monde au poulailler ! cria Zouzou.

Nous nous faufilâmes les unes après les autres par le trou dans la palissade. Je pensai un instant que Zouzou aurait du mal à entrer, mais elle réussit à passer, comme si elle non plus n'avait pas d'os à l'intérieur de son corps ; en un éclair elle était avec nous. Un jour, je trouverais un moyen de demander comment faire ça, moi aussi, sans avoir l'air de vouloir le savoir. Mais plus tard. York était là, blotti dans un coin contre une poule, tremblant de peur.

— Tu es blessé ? demanda Zouzou.

— Je ne crois pas, dit-il. Je ne sais pas... J'ai toutes mes pattes, n'est-ce pas ? Et mes oreilles aussi, les deux ? Dites moi la vérité, *york* ! Suis-je entier ?!

— Tu as l'air entier, dit Zouzou avant de se coucher contre lui.

J'hésitai à les rejoindre. Ce poulailler était vraiment très sale, mais il était aussi très solide. Je pouvais faire ce petit effort pour rassurer York. Ce n'était pas du tout parce que j'avais peur, absolument pas. D'ailleurs, pour vraiment le rassurer, je pris bien soin de lui donner quelques coups de patte, afin qu'il ne fût pas trop dépaysé.

— Devinez quoi ? dit Margot qui avait passé sa tête par le trou de la paroi pour regarder dehors. Je vois tout d'ici !

— Nos Hectors sont vivants ? demanda Zouzou.

— Je ne sais pas, dit Margot, je ne vois pas dans la maison. Dites, vous aviez déjà vu des chevaux avec des ailes ?

— Quoi ? dis-je. Tu dis n'importe quoi. Ça n'existe pas.

— Pourtant il y en a, dit Margot. Et il y a des Germaines dessus. Elles ont des vêtements en *métal*.

Elle délirait, clairement. Cela devait être dû aux vapeurs de déjections de poules. Une allergie aux plumes, peut-être.

— Tu ne sais même pas ce qu'est un cheval, dis-je.

— Si je sais ! dit Margot. Et je vois d'autres chevaux, mais sans ailes. Les Hectors fantômes qui sont dessus ont des chapeaux et des fusils comme les Hectors militaires et des cordes et...

— Tu vois le Médecin ? coupa Zouzou.

— Oui ! Je le vois par la fenêtre. Et je vois plein de petites filles avec des petites boîtes qui font du feu. Vous saviez qu'il y avait des monstres en pierre sur le toit ? Ceux qui crachent de l'eau ? J'ai vu les mêmes sur l'église du village...

— Mais on gagne, ou pas ? dit York.

— Je ne sais pas ! dit Margot. Il y a plein de lumières dans le ciel, maintenant ! Et plein d'oiseaux ! Je vois des Germaines fantômes avec des bâtons en bois qui roulent la pâte, et des balais. Il y a de la fumée...

— Je ne veux plus savoir ! gémit York.

138

— Ça suffit, dit Zouzou. Margot, viens donc ici.

Margot obéit et s'approcha. Elle hésita, me regardant d'un air incertain, mais j'étais trop bien installée pour la chasser. Au loin une voix chantait, quelque chose de triste, à propos d'un Hector de la mer qui revenait de la guerre. C'était étrangement réconfortant, et je fermai les yeux pour laisser la chanson emporter ma peur.

EMILIE C. GUYOT

XIX. Où l'on finit

Lorsque Germaine nous trouva, nous étions tous profondément endormis les uns contre les autres, y compris la poule. Elle était tellement émue qu'elle nous serra tous contre elle en pleurant, y compris la poule. La poule avait l'air choquée, mais aucun de nous ne se plaignit.

Les chiens attendaient dehors. Apparemment, Chien-de-Chasse avait passé des heures à essayer de dire que nous n'étions pas perdus et que nous étions juste cachés là. Pour ça, j'étais prête à lui pardonner ce qu'elle avait fait... pour cette fois.

Hector Fantôme-Barbu et Germaine Fantôme-Frisée avaient dû gagner, parce que la tempête était partie, et le soleil brillait dans le ciel. La maison avait l'air de tenir debout. Enfin, si on ne comptait pas les volets qui avaient été arrachés, et les meubles qui avaient été renversés, et l'eau qui coulait à travers les parquets, et l'Électrique qui avait été coupé...

Les Hectors avaient tout oublié de ce qui était arrivé pendant ces derniers jours. Ils disaient que c'était comme s'ils s'étaient réveillés d'un rêve bizarre, qui leur avait laissé un goût très désagréable dans la bouche, mais dont les détails leur échappaient complètement. Ils accusaient un orage électro-magnétique pour l'état de la maison, ce qui avait l'air très sérieux quand ils le disaient, même si le Plus Jeune Hector rajoutait derrière que « la Vérité Était Ailleurs ». Elle n'était pas si loin que ça, mais il ne risquait pas de comprendre, même si j'avais pu tout lui dire.

Il fallut réparer la maison. Tout le monde était désolé de tous les dégâts qu'il y avait eus. Germaine était l'une des plus tristes, mais elle dit que c'était l'occasion de faire du tri, et elle motiva les autres à voir le bon côté de la catastrophe. Il fallut jeter les choses cassées, et vendre d'autres choses pour réparer ce qui pouvait l'être. Ce fut dur d'abandonner notre décor familier, mais Germaine disait que personne n'était mort, après tout, donc ça aurait pu être pire... Sauf les fantômes, bien sûr, mais Germaine ne le savait pas, et ça non plus, nous ne pouvions pas lui expliquer.

La maison fut pendant un temps pleine de personnes venues pour faire des travaux. Je n'aimais toujours pas les étrangers, mais je pouvais les tolérer. Un peu. Un peu plus que la Jeune Germaine qui était partie avec ses valises et ses sacs en disant qu'elle reviendrait plus tard. La lâche, après tout ce mal qu'on s'était donné, elle ne nous faisait pas confiance pour la protéger ! Je surveillais quand même sa porte fermée régulièrement. Juste au cas où. C'était notre rôle maintenant, à Zouzou, Margot, York et moi. Et puis c'était plutôt amusant de voir Germaine et le Vieil Hector suivre les travailleurs partout pour leur dire quoi faire et comment le faire mieux que ça.

Les Hectors Fantômes essayaient d'aider, aussi, comme ils le pouvaient. C'était bien d'avoir tout le monde à la maison, mais au bout d'un moment, les uns après les autres, ils disparurent et ne revinrent plus. Personne ne savait où ils étaient partis. Personne ne savait non plus où le Médecin était parti. Ou Domino. Ou Hector Fantôme-Barbu et Germaine Fantôme-Frisée. On ne les voyait plus, mais ils étaient peut-être encore là... Qui savait ces choses ? Pas les Hectors. Pas les chats, non plus.

Qui savait pourquoi le chat marchait au milieu des étoiles ? Et pourquoi il sautait à travers les nuages, et pourquoi il guettait ce qui n'est plus là ? Tout le monde savait que c'était parce que *personne ne le forçait à le faire.*

Quelques semaines plus tard, je rentrai dans le Petit Salon réparé, et m'apprêtai à m'installer devant la Boîte-à-Feu pour me réchauffer. Ah, quel bonheur de s'étirer dans le calme retrouvé ! Quel confort d'avoir de nouveau la maison à nous ! Margot me sauta soudain sur le dos. Elle et moi allions vraiment devoir discuter de cette manie de se cacher dans les coins d'ombre !

— Aah ! criai-je. Mais dégage ! Va-t-en !

— C'est ma place ! dit Margot en me tirant la queue. C'est mon tour d'être au chaud !

— Menteuse, dis-je en lui mettant une bonne tape sur le nez. C'est *ma* Boîte-à-feu, c'est *ma* place, et c'est *mon* tour !

— Poussez-vous de là, les filles, dit Zouzou en nous marchant dessus de tout son poids. C'est *ma* place.

Je cherchai à résister, au moins le temps de trouver une bonne répartie, mais Zouzou gronda, les oreilles en arrière. Je voyais sa queue battre l'air de façon menaçante, et tout d'un coup je n'avais plus envie de l'attraper. Avant même de réaliser ce que je faisais, j'avais déguerpi. C'était un peu humiliant, mais pas tant que ça ; les choses avaient un ordre, et chacun avait sa place... ou bien était-ce l'inverse ? Au moins, Margot avait fui aussi. Où était-elle, d'ailleurs, cette traîtresse ? Elle avait dû retourner dans les ombres. Zouzou se roulait par terre, et griffait le sol de plaisir. C'était tentant... si j'avais une diversion...

La porte s'ouvrit soudain et York fit son entrée en sautillant.

— York ! jappa-t-il. YORK YORK *YORK* ! Salut les filles ! Ça va les gars ? Ça roule ma poule ? C'est cool qu'on entre ? Tout va bien le chien ? Qui est un bon chien, qui, hein qui ? Qui ? Qui ? *Qui* ?

Je vis une silhouette se déplacer dans les ombres. C'était comme un signal, ou une promesse. Je m'aplatis sur le sol, prête à bondir.

— York ? dit York, distrait par le Vieil Hector qui avait traversé le Petit Salon sans nous prêter attention.

York ne vit pas Margot avant que celle-ci ne fût sur lui. Il sauta vers moi pour l'éviter, et reçut mes pattes sur son museau. Sans les griffes, bien sûr. Nous ne faisions que jouer, après tout. Je ne voulais pas le tuer... pas vraiment.

— York york york ! fit-il en filant comme une flèche. Tricheuses ! C'est pas juste ! Vous êtes deux contre un !

— Eh bien ! dit Germaine en nous regardant passer en riant. Il y en a au moins qui s'amusent !

York se précipita vers le vieil Hector, en fit le tour emporté par son élan, puis nous prit à revers en jappant joyeusement ; ce fut à notre tour d'être poursuivies par ses « *york !* » frénétiques. Il était évident que, si Margot et moi courions en direction de Zouzou à toute vitesse avec la certitude que York ne freinerait jamais à temps, c'était par le hasard le plus total.

Aveugle à ce qu'il se passait autour de lui, le Vieil Hector plaçait une chaise sous une lampe du hall, afin de monter changer l'ampoule.

Merci beaucoup d'avoir lu *Les Fantômes de Grison* !
J'espère que vous avez pris autant de plaisir à lire les aventures de Grison que moi à les écrire!

Si le livre vous a plu et que vous souhaitez soutenir mon activité, vous pouvez :

- Lire sur ecguyot.com la nouvelle qui fait suite au roman : **Le Noël de Grison.**
- Laisser des commentaires sur **les plateformes numériques** !
- Lire un autre de mes romans !
- Suivre ma **page Facebook** et partager quelques posts !
- Ou **ma page Instagram** si vous préférez ! ou les deux, c'est permis)
- En **parler autour de vous** ! À vos amis, sur votre blog, sur Twitter, ou par bouteille jetée à la mer ! (non attendez, pas par bouteille, il y a déjà bien assez de choses jetées à la mer comme ça...)

Dans tous les cas, je vous souhaite d'excellentes lectures,
Emilie C. Guyot

Dark Fantasy

Le Fil des Pages

Le monde va disparaître. Inexplicablement, inexorablement, les mots des livres s'effacent, et notre mémoire
avec... Découvrez un univers fantasy incroyablement inventif,
aux personnages intrigants, qui s'éloigne des sentiers battus et
propose quelque chose de totalement nouveau pour les
amoureux des livres.

« L'heure est grave. Quelque chose de terrible, horrible,
épouvantable est arr vé. Les lettres des livres disparaissen

Ici, dans notre v lle de Tsyeloth, qui a résisté aux vents du
désert depu s des siècles, les textes s'érodent, s'abîment,
s'évanouiss

Perso ne n'a pu faire quoi que ce so t pour ralentir
l'abominable d sparition d nos archives, et p r là, de notre
cult re. Toute la mémoire du m nd

Par p it é... aidez-n us »

Dark Fantasy

La Louve aux Chansons
La voie du loup

Si vous pouviez changez de peau... que seriez-vous ?

Lorsqu'un mystérieux sac de fourrures tombe entre les mains d'Euphrosine, adolescente amoureuse, elle ne pense qu'à impressionner le garçon qui lui plaît. Mais être embarquée dans une quête impossible est un lourd prix à payer, surtout dans la forêt la plus magique du pays, où chaque bosquet dissimule des crocs et où même les fées sont affamées...

Blanche biche, chèvre capricieuse, louve sauvage ; de métamorphose en transformation, jusqu'où Euphrosine est-elle prête à aller ? Osera-t-elle braver le Jugement du Loup au risque de tout perdre ?

Dark Fantasy

L'Île de la Groac'h
Un monde à l'envers

Peut-on garder la tête dans les nuages lorsque le temps tourne à l'orage ?

Un matin au réveil, Azura tombe, littéralement, à travers le jardin de la maison de ses grands-parents. L'Autre Île où elle se retrouve est identique à celle où elle vit, presque identique, quasiment pareille, si ce n'est que cette autre île est probablement magique, et certainement abandonnée. Les habitants ont fui, poursuivis par des Ombres qui dévorent l'Île inexorablement. Tous les habitants... ou presque tous. Une poignée de héros entêtés et excentriques sera-t-elle la seule chance d'Azura de retrouver son chemin avant qu'il ne soit trop tard ? Quelle direction prendre lorsque ces routes autrefois familières se dérobent sous vos pieds ?

Fantasy Historique

1883 Express d'Orient
Dans un train d'enfer

Banquiers, artistes, médecins, sorciers, loups-garous, chasseurs de créatures... le train fait faire de fabuleuses rencontres.

Octobre 1883. Quatresous s'embarque à bord de l'*Express d'Orient*, le tout nouveau train de grand luxe, tout juste inauguré par la Compagnie des Wagons-lits. Sa mission est aussi claire qu'elle est saugrenue : faire faire demi-tour aussi vite que possible à son employeur Monsieur Desmilliers et récupérer l'argent des billets, car les finances de la famille en dépendent. Ses priorités vont devoir rapidement changer... Ce n'est pas de sa faute, vraiment, aucun guide de voyage n'avait parlé des *Alterï*, ni de quoi faire dans un train plein de ces créatures sorties tout droit des légendes les plus terrifiantes ! Pour Quatresous, un voyage incroyable vers l'inconnu va commencer dès le quai de la gare...